OS ÚLTIMOS JOVENS DA TERRA

A JORNADA HEROICA DE QUINT E DIRK

MAX BRALLIER & DOUGLAS HOLGATE

TRADUÇÃO CASSIUS MEDAUAR

FIRST PUBLISHED IN THE UNITED STATES OF AMERICA BY VIKING, AN IMPRINT OF PENGUIN RANDOM HOUSE LLC, 2022
TEXT COPYRIGHT © 2022 BY MAX BRALLIER
ILLUSTRATIONS COPYRIGHT © 2022 BY DOUGLAS HOLGATE
PENGUIN SUPPORTS COPYRIGHT. COPYRIGHT FUELS CREATIVITY, ENCOURAGES DIVERSE VOICES, PROMOTES FREE SPEECH, AND CREATES A VIBRANT CULTURE. THANK YOU FOR BUYING AN AUTHORIZED EDITION OF THIS BOOK AND FOR COMPLYING WITH COPYRIGHT LAWS BY NOT REPRODUCING, SCANNING, OR DISTRIBUTING ANY PART OF IT IN ANY FORM WITHOUT PERMISSION. YOU ARE SUPPORTING WRITERS AND ALLOWING PENGUIN TO CONTINUE TO PUBLISH BOOKS FOR EVERY READER.

COPYRIGHT © FARO EDITORIAL, 2023

Todos os direitos reservados.

Nenhuma parte deste livro pode ser reproduzida sob quaisquer meios existentes sem autorização por escrito do editor.

Milkshakespeare é um selo da Faro Editorial.

Diretor editorial: **PEDRO ALMEIDA**

Coordenação editorial: **CARLA SACRATO**

Preparação: **GABRIELA DE ÁVILA**

Revisão: **CRIS NEGRÃO**

Capa e design originais: **JIM HOOVER**

Adaptação de capa e diagramação: **CRISTIANE | SAAVEDRA EDIÇÕES**

Dados Internacionais de Catalogação na Publicação (CIP)
Jéssica de Oliveira Molinari CRB-8/9852

Brallier, Max
  Os últimos jovens da terra : a jornada heroica de Quint e Dirk / Max Brallier ; ilustrações de Douglas Holgate ; tradução de Cassius Medauar — São Paulo : Milkshakespeare, 2023.
  304 p. : il.

  ISBN 978-65-5957-274-8
  Título original: The Last Kids on Earth: Quint and Dirk Hero Quest

  1. Literatura infantojuvenil 2. Histórias em quadrinhos I. Título II. Holgate, Douglas III. Medauar, Cassius

23-0368   CDD 028.5

Índice para catálogo sistemático:
1. Literatura infantojuvenil

1ª edição brasileira: 2023
Direitos de edição em língua portuguesa, para o Brasil, adquiridos por FARO EDITORIAL.

Avenida Andrômeda, 885 – Sala 310
Alphaville – Barueri – SP – Brasil
CEP: 06473-000
WWW.FAROEDITORIAL.COM.BR

Para os amigos de
todos os lugares.
— M. B.

Para Michael
(um ótimo irmão),
Danni, Maggie e Tartan.
— D. H.

— Mas o que você realmente aprendeu com Yursl? — Dirk pergunta enquanto salta sobre um quiosque de óculos de sol amassado e se esquiva de um cartaz caído de "VOTE EM GHAZT".

— Foi muito... conceitual — Quint fala. — As grandes ideias. Sabe, a conjuração feita pelos seres da dimensão do monstro não é tão diferente da ciência da nossa dimensão.

— É melhor que essa porcaria conceitual seja boa para a luta, porque ela já vai começar... — Dirk exclama, antes de se calar para *correr*.

Então, Quint e Dirk estão correndo pelo Super Shopping Millennium. O destino deles? A garagem de estacionamento. Por quê? Porque é para lá que o Uivante de Ossos, servo leal do vilão Thrull, está indo.

Uma batalha os aguarda.

E é muito importante que a batalha corra bem, porque o objetivo do Uivante de Ossos é vil: impedir que os monstros moradores do shopping escapem usando qualquer meio necessário.

Sim. O Uivante de Ossos é um grande problema...

— Temos que correr! — Dirk grita quando percebe o movimento do lado de fora. Por um rasgo na lateral do shopping, ele vê o Uivante de Ossos se aproximando. — Ele vai chegar na garagem logo mais! Quint, por favor, me diga que Yursl deu a você, tipo, um tutorial de como vencer esse cara?

— Talvez... — Quint diz nervosamente. — Possivelmente.

Tradução, ela não deu.

Dirk sobe correndo uma escada rolante quebrada, pulando três degraus de cada vez, e Quint o segue. Seus tênis rangem e guincham enquanto eles aceleram para dentro de uma loja. Lá, uma janela quebrada dá a eles uma visão da garagem, do pavimento rachado e do cemitério de trilhos de trem.

— Carapaças! — Quint aplaude, apontando para a garagem. — A evacuação está em andamento.

Então, três das criaturas parecidas com caranguejos saem correndo do túnel de saída da garagem. No topo de cada carapaça há um carro ou caminhão, a carapaça da carapaça e, dentro de cada veículo-concha, estão monstros: os moradores da Cidade Maiorlusco.

Logo, outra carapaça sai do túnel. Depois outra, e outra, até que dezenas estão marchando para fora da garagem em direção ao pedaço de concreto desenraizado do estacionamento. Parece o desfile de boas-vindas mais bizarro do mundo.

— E veja quem está liderando o comboio... — Dirk aponta, sorrindo.

Johnny Steve, o recém-eleito prefeito da Cidade Maiorlusco, corre ao lado da caravana de carapaças orientando a fuga. Ou tentando orientar...

Neste momento, Quint e Dirk não têm noção de como está a batalha de dentro do shopping, só sabem que seus melhores amigos, Jack e June, estão presos numa guerra desesperada com Thrull. Mas aqui, pelo menos, tudo está indo conforme o planejado. Até que...

PSHOOM! PSHOOM!

É o som de ossos batendo contra o concreto... cascos batendo.

— Lá vem... —Quint diz, e então...

O Uivante de Ossos surge à vista! A besta maligna é um pesadelo de trepadeiras e esqueleto.

— Tudo bem, então — Dirk diz, puxando sua espada. — Não importa o que aconteça, não vamos deixar essa coisa chegar às carapaças. Estamos muito perto da vitória.

Quint responde:

— Não tenho certeza de que fugir com medo conte como vitória.

— Estamos lutando contra um exército de esqueletos de outra dimensão — Dirk continua. — Conto mais de dez segundos de respiração como uma vitória.

— Vamos contar quinze então — Quint afirma.

E, com isso, Dirk grita:

— SE SEGURE, BABÃO! — E salta.

Ele atinge o chão com força, aterrissando diretamente no caminho do Uivante de Ossos. A mão de Dirk se move, e sua espada, pingando ultragosma, corta para cima.

A lâmina molhada corta o focinho do Uivante de Ossos, arrancando um pedaço de osso e trepadeira. A besta esquelética recua e então lança uma garra em uma ira furiosa.

— Dirk, cuidado! — Quint grita, correndo para a briga. Mas o aviso vem tarde demais...

As garras do Uivante de Ossos atacam, avançando e...

CLANG!

A espada de Dirk é arrancada de sua mão! A lâmina navega pelo ar antes de mergulhar no chão, em pé, como um ponto de exclamação mortal.

Quint olha para a garagem e para o desfile de monstros fugindo, então engole em seco.

— Dirk — ele diz suavemente. — Neste momento, você e eu somos a única coisa que impede o Uivante de Ossos de destruir cada cidadão da Cidade Maiorlusco.

— Ei, não se esqueça do Babão — Dirk lembra. — É a ultragosma dele que consegue ferir aquela coisa.

Os olhos de escuridão do Uivante de Ossos piscam e um rosnado sinistro sai de sua boca meio aberta quando ele dá um passo à frente. Mas de repente...

SCREEECH!

O guincho arrepiante do retorno do alto-falante explode no ar.

O Uivante de Ossos estremece.

Quint estremece. Dirk coloca as mãos em concha sobre os ouvidos de Babão.

— Olá, cidadãos da cidade de Maiorlusco, é o Jack.

Hã? Quint pensa, olhando para o alto-falante do interfone, ouvindo a voz de Jack de dentro do shopping...

Mais cedo, falei que um líder não mente. Então aqui vai: hoje não foi fácil. E não sei se verei vocês de novo.

Se não os vir, lembrem-se: nesta luta, se lutarem juntos, conseguirão revidar e vencer. Esta é a verdade.

E então o alto-falante fica mudo, e os monstros, sentados em suas carapaças, congelados.

Apenas alguns minutos antes, dentro do shopping, Jack convenceu os monstros a abandonar suas casas e fugir para que pudessem viver para lutar outro dia. Para que talvez, algum dia, eles consigam vencer.

Mas, sem que uma única palavra seja dita, os monstros parecem estar decidindo que *algum dia* é na verdade *hoje*.

Do outro lado do estacionamento, Quint cruza o olhar com Johnny Steve, e eles trocam um olhar de reconhecimento, então o prefeito se vira e corajosamente volta para a garagem, para o shopping, para o campo de batalha onde Jack e June estão fazendo o possível para segurar Thrull.

Uma carapaça se vira para seguir Johnny Steve. Então outra. Logo, toda a frota está voltando para dentro. Eles estão atendendo ao chamado de Jack, mas não como ele queria.

Mas o Uivante de Ossos não permitirá que os monstros da Cidade Maiorlusco voltem simplesmente a entrar na luta. Os olhos do monstro encontram a espada de Dirk, projetando-se para fora do chão, e ele sabe que os dois humanos estão desarmados.

As mãos de Quint tremem. Claro que ele estudou com uma conjuradora de verdade, mas Yursl só

ensinou um encantamento: o *Kinetic Crescendo*, e não é como se ele realmente tivesse usado o encantamento.

Mas momentos antes da Batalha do Maiorlusco começar, Yursl disse a ele:

— Agora você tem tudo de que precisa para fazer o que deve ser feito.

As palavras de Yursl foram desnecessariamente enigmáticas, e Quint não sabe o que ela quis dizer. Mas ela emite uma *vibe* meio que sabe-tudo, então se ela disse que ele tem o que precisa, então ele deve ter o que precisa. Talvez, pensa Quint, tudo *de que precise* é a *coragem e a confiança* para fazê-lo.

O Uivante de Ossos avança, bufando e rosnando, como um boxeador se aproximando do centro do ringue...

— Dirk, é melhor você dar um passo para trás — Quint fala, enquanto aponta o cajado de conjurador para o monstro. Ele aperta um botão e o cajado zumbe.

Então é isso, pensa Quint. *Nossa única chance de derrotar o Uivante de Ossos e salvar os cidadãos do shopping.*

Ele olha para a minibola de basquete Nerf de espuma de Yursl pendurada em sua redinha. A bola de basquete é o objeto de outra dimensão que fornece a energia necessária para realizar conjurações.

Antes que Quint possa hesitar mais um nanossegundo, o Uivante de Ossos explode para a frente!

Dirk puxa o Babão para perto e grita:

— Agora!

E Quint sabe disso, então aperta o gatilho do cajado...

Muitas coisas acontecem ao mesmo tempo.

Um turbilhão de energia roxa envolve Quint, Dirk, Babão e o Uivante de Ossos. Tudo fica em silêncio, como se alguém tivesse pressionado o botão de mudo do mundo.

Quint estremece, sentindo que seu corpo está sendo achatado, o que o lembra do verão em que foi ao acampamento espacial e usou a cadeira antigravitacional chegando a 9 Gs. Ele não gostou nem um pouco dessa experiência e está gostando menos ainda desta...

Dirk sente que o chão sob seus pés parece sumir, como aquele momento no passeio do Navio Pirata no parque de diversões, quando o navio balançou todo o caminho de volta e ficou lá em cima por um momento terrivelmente longo, antes de cair para a frente, catapultando seu estômago para a garganta.

O silêncio termina... substituído pelos sons de rasgar, cortar e um grito primitivo e agonizante.

E então a fumaça se dissipa.

Onde Quint e Dirk estavam, agora, há apenas uma cratera fumegante e metade do Uivante de Ossos.

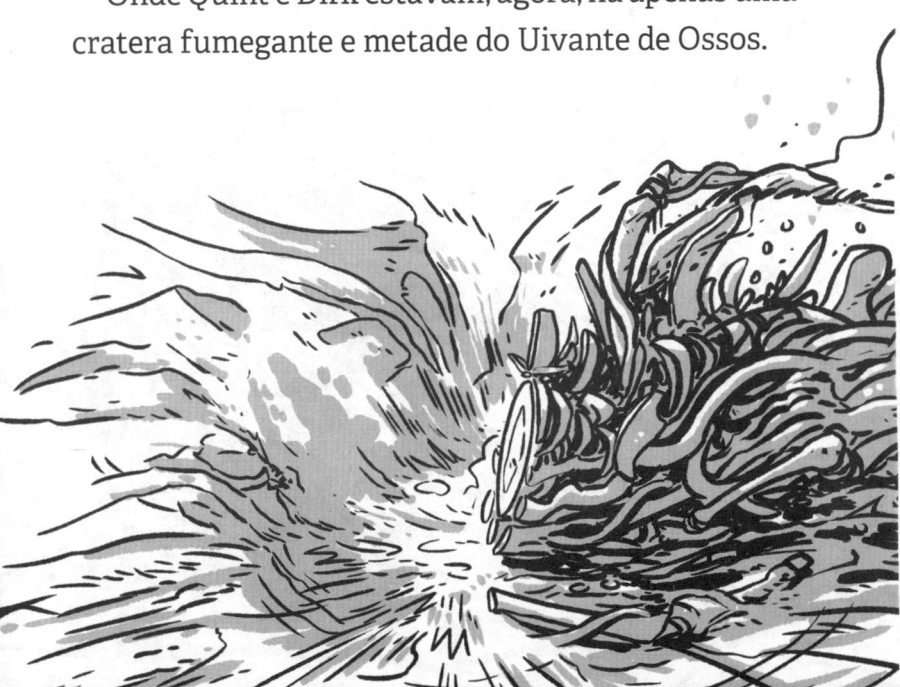

Capítulo Dois

—Oooh... — Quint geme. Sua cabeça está zumbindo, como se um bando de vespas estivesse dando uma festa dentro de seu crânio.

Dirk enxuga os olhos ardendo.

— Tem cheiro de ovo queimado.

À medida que a névoa roxa começa a diminuir, Dirk olha, boquiaberto. Leva um momento, mas a visão diante dele é inconfundível: o Uivante de Ossos está esparramado no chão e cortado ao meio.

Quint... você conseguiu! Tipo, cortou o Uivante em dois com mágica!

É isso mesmo, seu cabeça de ossos bissectado. Meu amigo Quint é um mago de verdade.

— E eu vou levar isso — Dirk fala, arrancando sua espada do chão. Mas, ao fazê-lo, ele percebe que o chão não é mais o concreto rachado do estacionamento do shopping, é diferente.

Dirk olha para o Babão, empoleirado em seu ombro, e vê algo parecido com preocupação no rosto do monstrinho.

— Você está bem, campeão?

Babador resmunga nervosamente e, com o nevoeiro agora dissipado, Dirk vê por quê...:

Não há shopping, estacionamento, garagem ou caravana de carapaças.

A alegria de Dirk evapora.

— Ei, Quint. Hã... Onde estamos?

— O que você quer dizer com isso? — Quint consegue perguntar. Ele está no chão, como se suas pernas estivessem sem força, parecendo com Yursl depois que explodiu o Uivador no Maiorlusco.

Então os olhos de Quint se abrem e suas pernas ficam rígidas enquanto o medo o força a ficar de pé.

— Ah, não. A conjuração... deu errado. Eu não fiz direito, e acho que... bom...

— O quê? — Dirk pergunta.

— Acho que eu, hum, nos *teletransportei*...

— Teletransportados... — Dirk repete. — É por isso que eu senti como se estivesse virando do avesso um minuto atrás?

Quint pressiona a mão na barriga, como se estivesse tentando segurar o vômito.

— Yursl me avisou sobre isso! Ela disse especificamente *que a mistura errada de ciência e feitiço pode fazer toda a sua estrutura molecular ser deslocada... transportada para outro local.*

Dirk pressiona um dedo na palma da mão.

— Eu não verifico minhas moléculas com tanta frequência, mas todas elas parecem estar aqui.

A dupla checa seu novo ambiente: eles estão em um salão de castelo com um teto triangular abobadado. Tapetes longos e coloridos cobrem o chão e tapeçarias cobrem as paredes de pedra. Perto dali, uma perna de peru do tamanho de um pino de boliche está em uma bandeja de prata. Parece recém-assada... está brilhante e dourada.

— Amigo, não sei como te dizer isso... — Dirk começa —, mas acho que você fez mais do que nos teletransportar para outro lugar. Acho que você nos teletransportou...

O cajado do conjurador cai das mãos trêmulas de Quint e ele não faz nenhum movimento para pegá-lo. Agora, parece algo amaldiçoado, algo impróprio para uso humano.

— As consequências disso... — Quint diz suavemente. — Um erro e poderíamos quebrar o continuum espaço-tempo. Como em De *Volta para o Futuro*!

Dirk olha fixamente por um segundo, então seu rosto se ilumina como um letreiro em neon.

— Ah! Entendi a referência! Sim, vocês assistiram a esse filme milhares de vezes durante nossos dias na casa na árvore. Não é o meu favorito, mas sempre prestei atenção quando aquele herói legal, Biff Tannen, aparecia na tela.

— Biff Tannen é o cara mau — Quint explica —, o valentão.

— Não, eu não concordo — Dirk diz, balançando a cabeça negativamente. — Ninguém com um nome de quatro letras e um sobrenome de seis letras poderia ser um valentão.

Quint geme.

— Mas, ei, talvez sua magia terrível tenha feito algo de bom! — Dirk exclama, enquanto começa a andar animadamente pela sala. — Lembra-se do grande plano do Biff Tannen para salvar o dia? Devemos fazer o mesmo! Primeira coisa: encontramos um almanaque dos esportes!

Quint balança a cabeça negativamente.

— Dirk, é o apocalipse. O dinheiro não significa mais nada. Lembre-se dos chapéus de um milhão de dólares de Jack e June...

— Além disso — Quint acrescenta —, o plano do Biff era conseguir um almanaque do futuro para poder...

— Ficar rico! — Dirk exclama. — Nós vamos ficar tão ricos! É simples. Encontramos um antigo almanaque esportivo, quanto mais antigo melhor, tipo ancião mesmo. E quando voltarmos ao nosso tempo normal, o que faremos com certeza, porque você é o Quint e vai descobrir como fazer isso, levaremos o almanaque esportivo conosco. Quando o mundo voltar ao normal, seremos gazilionários! Quero dizer, imagine se tivéssemos um livro nos dizendo quem ganhou o Campeonato Mundial de Beisebol de 1960!

— O Pittsburgh Pirates venceu o campeonato de 1960 — Quint fala sem rodeios.

Dirk suspira.

— Seus poderes de feitiçaria não têm fim?

Quint respira fundo, tentando manter a calma.

— O que estou tentando dizer é que qualquer coisa que fizermos aqui, no passado, pode ter consequências terríveis no futuro. Um espirro errado e...

— Argh! — Dirk ruge. — Eu odeio tanto a magia...

— Pela última vez, é conjuração! — Quint fala. — Eu errei, mas conjurar não é completamente ruim.

— Não. Toda magia é ruim — Dirk afirma. — Olha, eu nunca te disse isso, mas... algo aconteceu na festa de nono aniversário da Ângela Bianucci.

— Quê? — Quint pergunta.

— Tinha um mágico: Tim Talentoso. E você sabe o que o Tim Talentoso fez? Ele serrou o pai da Ângela Bianucci AO MEIO! AS PERNAS DO SENHOR BIANUCCI AQUI, A PARTE SUPERIOR DO BIANUCCI LÁ. Eu fugi de lá tão rápido...

— E, depois disso — Dirk completa —, jurei que ficaria longe da magia para sempre.

— Espere um segundo... — Quint diz, de repente parecendo extremamente preocupado. — A mãe de Ângela Bianucci disse à minha mãe que a festa foi cancelada por causa do mau tempo. Aquela mentirosa!

— Eu preciso sentar... — Dirk fala, caindo em uma cadeira que mais parece o trono de um rei. Ele aterrissa com força, e então...

— Opa, opa! — Dirk grita.

O trono cai para trás, colidindo com a parede... e toda a parede tomba. E Dirk cai com o trono.

— Dirk! — Quint exclama, correndo em direção a ele.

Há um som como dominó de concreto batendo enquanto outra parede cai, depois outra, finalmente revelando...

— Espera aí... — Quint fala. — Estamos em um estúdio de cinema?
— Não voltamos no tempo! — Dirk exclama.
— Somos apenas idiotas! — Quint acrescenta.

— Nunca fiquei tão feliz em ser um idiota — Dirk afirma.

Passando por cima da parede caída, Dirk vê uma placa alta que diz FLEEGHAVEN e imagina que esse seja o nome da cidade.

— Sabe, acho que reconheço esse lugar... — Quint diz enquanto começam a descer a rua de paralelepípedos que percorre toda a cidade. Exceto que não são paralelepípedos reais, mas tipo um vinil barato.

Eles passam por tavernas, estábulos e lojas intermináveis: um ferreiro, um boticário, um agente funerário, uma loja de feitiços e itens mágicos e uma loja de espadas chamada Cabana da Estocada, mas o material dentro é uma decoração de cenário, não é real. Alguns lugares são apenas metades da frente sustentados por postes de madeira.

— A cidade inteira é falsa — Dirk fala.

— De fato — Quint responde. — Fleeghaven é um cenário de filme de fantasia em grande escala.

— E está em pior estado do que nós — Dirk afirma, observando as crateras cinzentas no chão, os cortes nas fachadas dos prédios e os vagões estrelados pisoteados. — Se bem que agora estou feliz por não termos voltado no tempo.

Mas a felicidade de Dirk dura pouco: um rugido monstruoso corta o silêncio do set de filmagem em formato de cidade abandonada, soando estranhamente oco enquanto ricocheteia em vitrines artificiais e prédios vazios.

Capítulo Três

O Uivante, ou melhor, a metade que sobrou do Uivante de ossos está subindo no castelo colapsado. Parece um alienígena rastejando para fora de uma cratera fumegante de um meteoro que acabou de cair.

— Hã... você não tinha matado aquela coisa? — Dirk pergunta, pegando sua espada.

— Não inteiramente, pelo que parece — Quint responde. — As trepadeiras e os ossos foram cortados, mas ainda estão se mexendo.

Os olhos mortos do Uivante de Ossos se movem com uma mistura de confusão e raiva, como se alguém o tivesse tirado de um sono tranquilo.

— E parece irritado — Quint pontua.

— Eu também ficaria irritado se um garoto conjurador me cortasse ao meio.

— Ah, ao meio — Quint repete. — Devemos chamá-lo de Meio-Uivante agora.

O monstro não deve ter gostado do novo nome, porque nesse momento ele ataca! As poderosas patas dianteiras da fera a catapultam para a frente sobre as paredes caídas. Ele atravessa uma mesa marcada como SERVIÇOS DE BUFFET – SOMENTE PARA A EQUIPE! enviando uma fritada mofada pelos ares enquanto avança em direção a Quint e Dirk.

— Babão, amigão, temos que lutar um pouco mais — Dirk fala. — Não será sempre assim, eu prometo.

Babador gorjeia alegremente em resposta.

Quint olha para o seu cajado: o indicador de bateria mostra que está zerada, completamente vazia. Alívio enche Quint quando ele percebe que não pode usar seu cajado e, portanto, não precisa correr o risco de estragar tudo novamente.

— Ah, droga! — ele diz com um pouco de entusiasmo demais. — Meu cajado precisa de tempo para recarregar.

— Você não precisa usá-lo para coisas de mago! — Dirk explica. — Use para coisas de Dirk!

— O que são coisas de Dirk?

— É detonar monstros!

— Isso eu posso fazer! — Quint diz, levantando o cajado... e bem na hora...

O Meio-Uivante salta! Em um flash, Dirk e Quint estão em um combate mortal com a besta de outra dimensão...

A cada estocada da espada de Dirk, ultragosma se espalha, derretendo as trepadeiras que dão vida ao monstro morto. Um ataque corta duas presas do Meio--Uivante. Outro golpe manda um casco de osso para o ar, colidindo com uma ferradura de plástico gigante que fica do lado de fora do estábulo da cidade.

O Meio-Uivante ruge, golpeando Dirk, depois se contorce para evitar os golpes de Quint. É como um adolescente dando um tapa em um par de irmãozinhos irritantes.

— Ei, Quint, pergunta rápida — Dirk fala, no meio de um golpe. — Se estamos lutando contra a cabeça do monstro agora, você acha que Jack e June estão lá no Maiorlusco lutando contra a bunda do monstro?

Quint tenta esquecer aquela imagem.

— Se estiverem, então ficaram com a melhor metade desse negócio...

O Meio-Uivante bate na cadeira do diretor, fazendo-a girar em direção a Quint.

— Aaai! — Quint grita, rolando uma longa distância e finalmente batendo no boticário da cidade: *A Despensa de Poções*.

Enquanto Quint espera o ar voltar para seus pulmões, vê a fachada da loja pairando sobre ele e percebe a grande janela aberta no segundo andar, um fio elétrico pende de uma luz de palco gigante no telhado. Quint pensa no filme em preto e branco das "Segundas-feiras de filmes" com seus pais. Era sua noite favorita da semana.

— TIVE UMA IDEIA! — Quint exclama, se levantando.

Ele pega o fio elétrico, sua mente girando rapidamente enquanto faz as contas. Ele olha para a janela aberta, dá dois passos para trás, faz mais alguns cálculos e dá meio passo para o lado.

— Dirk! — Quint chama. — Mande essa coisa pro meu lado!

— Deixa comigo — Dirk grita, girando sua espada para a asa quebrada do Meio-Uivante, girando o monstro. O Meio-Uivante vê Quint e algo pisca nos olhos do monstro. Algo como, *Ei! Aí está a criatura humana que me cortou em dois!*

Ele parte em direção a Quint, que se prepara e torce para suas contas estarem certas. E espera que se lembre de como a cena do filme em preto e branco funcionou.

A hedionda face do estridente Meio-Uivante está a apenas três metros de distância, se aproximando rapidamente, quando...

Quint puxa! E a parede da frente da Despensa de Poções começa a cair...

Quint quer correr, fugir, mas se mantém firme, ficando perfeitamente imóvel enquanto a parede cai e...

SLAM!

ERRO PERFEITO!

NÃO ERRO PERFEITO!

A janela aberta desce ao redor de Quint, enquanto o resto da parede, incluindo o holofote pesado, cai em cima do Meio-Uivante.

— Eu não acredito que funcionou... — Quint suspira aliviado.

O monstro tenta se levantar, lutando para erguer a fachada sobre ele, mas então...

— Onde você pensa que vai, bobão? — Dirk diz, usando sua espada.

As vinhas se desintegram. Os ossos colapsam. O Meio-Uivante chia, de forma longa e lenta, depois fica imóvel.

Dirk está ofegante, exausto, mas consegue dar um sorriso torto. Quint começa a sorrir também quando...

— ELES SÃO OS HERÓIS! — uma voz grita de repente.

Quint e Dirk giram, assustados, murmurando:

— O quê? Quem? Não nós, certo?

De todos os lados, criaturas-monstros aparecem, saindo de seus esconderijos: saindo de portas, levantando-se de trás de cavalos falsos.

— Acho que a cidade não está abandonada, afinal — Quint sussurra.

— Hã, oi — Dirk cumprimenta, lançando aos monstros um sinal com a mão. — Hã... Nós viemos em paz!

Naquele exato momento, o Meio-Uivante solta um suspiro final e doloroso.

— Hã, sem contar a matança não pacífica de monstro que acabamos de fazer — Dirk explica. — Mas, fora isso, viemos em paz.

Quint olha para o povo-monstro que se aproxima. Sua aparência espelha a da cidade: abatida, maltratada, em má forma.

Está claro que algo está errado aqui. Muito errado. *Fleeghaven*, Quint percebe, parece uma cidade sitiada.

> OS HERÓIS PREVISTOS! O GUERREIRO E O MAGO!

> VEJAM, POVO-MONSTRO, ELES VIERAM PARA MATAR OS DRAKKOR!

— Esperem um pouco! Por favor, um momento! — Quint pede, lutando para sair da multidão. — Nós estamos aqui porque...

Mas Quint se cala, porque a resposta não é algo de que ele goste. Eles estão aqui porque sua primeira tentativa de conjuração falhou gigantemente. E agora ele e Dirk estão sabe-se lá onde, a centenas de quilômetros de seus amigos...

— Espere, um de vocês disse Drakkor? — pergunta Dirk. — Porque isso meio que soa como dragão. Isso que deixou vocês nervosos?

Em vez de responder, os monstros começam a se afastar, abrindo caminho. Alguma coisa está vindo. O brilho áspero do sol esconde algo que se aproxima em uma sombra ofuscante.

— É uma carapaça — Quint percebe.

A carapaça desta carapaça é um *Jipe Wrangler* branco com cicatrizes de batalha, mas perfeitamente polido.

Atrás do volante está uma monstra de sombra azul-petróleo com orelhas caídas que fazem Dirk pensar em um coelho mutante. Ela os encara enquanto a carapaça continua em frente.

— Você gosta de fazer entradas dramáticas, hein? — Dirk pergunta. — Ou é você que vai nos dizer o que está acontecendo aqui?

— Não vou dizer — a monstra responde. — Eu vou mostrar para vocês...

Capítulo Quatro

A MANIPULADORA DE MENTES!

"Me chame de Kimmy!"

Olhos radicais que escondem muitos segredos, prova de que segredos secretos são divertidos.

Câmera para capturar momentos especiais.

Carol, a carapaça mais fofa que já se viu.

ATRIBUTOS:

Habilidades telepáticas: mais do que a maioria! (mas finja que ainda não sabe disso).

Valentia: máxima coragem!

Força: 14 em uma escala de 13 a 15.

Um grande e brilhante sorriso ilumina o rosto de Kimmy enquanto ela salta sobre a porta do Jipe e chega ao chão.

— Quero dizer, claro, eu poderia contar... mas mostrar é mais divertido, certo?

Com isso, as orelhas de Kimmy se inclinam pra frente. Seus olhos ficam nublados, com uma cor rosa cremosa, como leite com cereais Froot Loop. E depois...

— UAU! — Quint grita.

Uma fera terrivelmente feroz surge atrás de Kimmy! Seu corpo sombrio, pairando no ar, parece ter aparecido do nada... sendo arrancado do éter. O monstro é grande, e cada vez maior... primeiro do tamanho de um fusca, depois, de um ônibus escolar, depois, de um jato jumbo.

Ahhhh. É tipo um dragão transparente!

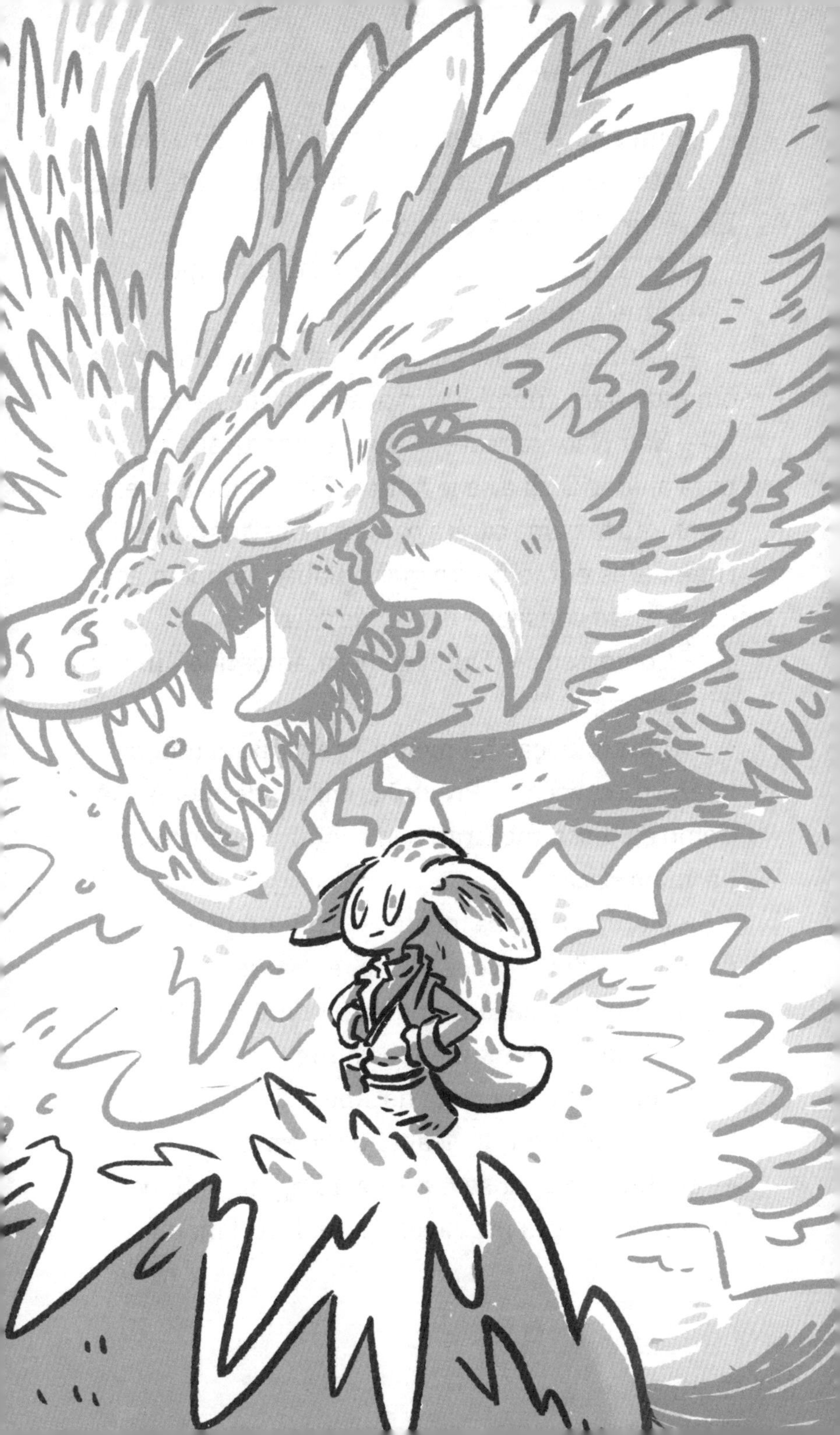

Quint se prepara para o impacto quando o monstro bate nele... mas, estranhamente, não sente nada. Ele se vira, confuso, quando:

PUUF! O monstro desaparece em um sopro.

Alguns monstros riem.

— Quint? — Dirk pergunta, abrindo um olho e olhando para cima. — Nós acabamos de morrer?

— Não. Não era real — Quint responde, abaixando para ajudar Dirk a se levantar. Dirk limpa a poeira enquanto faz uma careta para os monstros que estão rindo. Mas então ele vê que o Babão também está rindo e não consegue deixar de sorrir.

— Como isso... — Quint começa, antes que Kimmy o interrompa.

— Manipulação da mente — ela diz, batendo na lateral da cabeça. — Projeções em vez de blá-blá-bla. Como eu disse: mostrar, não contar. É sempre, tipo, hã, mais eficaz.

— Manipulação da mente... — Quint repete. Então, de repente, diz: — Você é uma telepata!

Dirk massageia lentamente a ponte do nariz.

— É. Magia. Demais — resmunga.

Kimmy sobe na calota do Jipe.

— O monstro que acabei de mostrar a você é... — ela faz uma pausa e estala a língua. — Sabe de uma coisa, vocês provavelmente deveriam ouvir a história desde o início. A história de Fleeghaven e o Drakkor...

Na nossa dimensão, éramos farmacultores. Então Rezzöch aconteceu! Os portais se abriram...

E fomos jogados nesta cidade como os recicláveis de ontem.

THUMP

Sobrevivemos do único jeito que sabíamos: cultivando pãezinhos. Bolinhas de massa fofas, macias e extrapicantes!

Era uma boa casa, apesar das paredes estranhamente finas e da comida oca e intragável. Mas a agricultura não era fácil, pois não havia água!

Mas, então, finalmente, chuva! Ela caiu do céu aos cântaros! E nós ficamos tipo...

Hora de festejar! F.E.S.T.A.

Mas primeiro plantar.

Depois que plantamos, detonamos com uma festança! Superiluminada, muitos mergulhos na fonte e energético Zumbido Legal rolando solto! Vocês deveriam estar lá. Mas eu não os conhecia. Então, desculpe, só que não...

Mas a festa chamou a atenção de um convidado. Um convidado não confirmado. Um convidado não confirmado porque era um convidado não convidado. Esse convidado era...

O Drakkor!

O monstro invadiu nossa festa e espalhou um horror terrível na nossa cidade e estourou meu balão preferido.

Então, tão rápido quanto surgiu, ele desapareceu.

Mas o Drakkor voltou. E voltou de novo. E outra vez.

Não somos guerreiros. Apenas simples farmacultores. Estávamos quase fugindo da cidade, quando...

Uma criatura chegou em Fleeghaven. Uma criatura sem nome. Uma criatura que usava uma grande e brilhante armadura.

Uma criatura que chamamos de...
A Rainha de Armadura!

Contratamos ela pra derrotar o Drakkor.

PÃO APIMENTADO

Quando o Drakkor atacou de novo, a Rainha de Armadura lutou bravamente, mas...

KRAK

Ela foi ferida. E o Drakkor a levou para seu covil escuro e sujo nas terras além.

E sem a Rainha de Armadura não tivemos mais nenhuma ajuda, até agora...

Com isso, Kimmy cruza os braços e se encosta na carapaça. Acabou a história.

Um monstro profundamente angustiado de repente exclama:

— O Drakkor atacou três vezes desde que levou a Rainha de Armadura. Três vezes! São duas vezes mais que uma vez! Uma mais que duas vezes! E três vezes mais do que posso aguentar...

— Cada ataque é pior que o anterior! — outro monstro grita.

Kimmy concorda com a cabeça.

— Basta olhar pra lá! — ela diz, apontando para a pequena colina do cemitério ao longe, pontilhada com lápides rachadas e em ruínas.

O Drakkor matou todos aqueles monstros?

Quê? Não. Mas sempre detona nosso incrível morro de piqueniques.

— E o Drakkor *sempre* vem com a chuva — guincha um pequeno monstro. — Tão aleatório.

Kimmy concorda.

— Sim, isso é verdade. E não podemos resistir a outro ataque. Cada vez que retorna, ele é mais cruel. E maior também.

— Quão grande? — Dirk pergunta.

— Maior que um balde de pão, menor que a lua. Então... vocês estão dentro? Imagino que definitivamente estejam dentro. Digam que sim.

— Dentro do quê? — Quint pergunta.

— Dentro para matar o Drakkor! — Kimmy diz. — Por que acham que contei toda aquela história idiota? Use suas pistas de contexto! Precisamos de dois heróis que lutem contra monstros. — Kimmy aponta o polegar para o Meio-Uivante morto. — E, claramente, vocês dois se encaixam na descrição. Então, o que acham?

De repente, a carapaça corre em direção a Quint, a boca aberta como um cachorrinho, saliva espirrando no chão.

— Opa, opa! — Quint grita, recuando, dando uma dúzia de passos rápidos antes de tropeçar em algo chamado Carroça da Sorte e do Futuro do Roland. A carapaça salta em cima da carroça com baba pingando de sua boca.

— Desça agora, Carol! — Kimmy fala, batendo em sua coxa. — Você está bem aí atrás, herói? Me desculpe por isso. Carol é apenas um filhote. Ela deve ter sentido o cheiro de chocolate. Você tem chocolate aí?

— Hã? Aah... — Quint murmura, verificando seus bolsos enquanto mantém seus olhos na carapaça que paira sobre ele. — Eu posso ter algo...

Ele pesca uma barra de *Snickers*, que Carol imediatamente pega dele e começa a comer.

Mas enquanto procura em seus bolsos, Quint encontra outra coisa...

— O que você tem? — Dirk pergunta enquanto dá a volta na carroça. — Um livro?

> Ooh! É um almanaque antigo? Tomara que seja!

> Guia Definitivo da Magia. Edição econômica...

> Que ótimo. Mais mágica...

Quint vira o livro: é totalmente normal, como você encontraria em qualquer biblioteca ou livraria. Mas quando ele abre, a sobrecapa desliza, revelando uma espécie de segunda capa secreta.

— Este é um tomo da dimensão dos monstros! — Quint percebe. — Um guia de conjuração!

— Mas quando? — Quint imagina. — Como?

Confuso, ele vira a primeira página e encontra uma mensagem rabiscada de Yursl:

"Para Quint... Isso irá guiá-lo. Como eu disse, quando secretamente coloquei isso em seu bolso, sem que você soubesse: *agora você tem tudo de que precisa para fazer o que deve ser feito."*

Uau. É como uma mensagem do passado, pensa Quint. Ou pior... e essa próxima percepção faz o estômago de Quint revirar: uma mensagem que poderia, de certa forma, ser do além-túmulo. Já que Quint não sabe o que aconteceu no Maiorlusco depois que eles saíram. Yursl poderia ser agora uma prisioneira de Thrull ou pior...

— Isso deve ser útil — Dirk fala. — E precisamos de uma coisa útil como essa, porque, cara, essas pessoas precisam da nossa ajuda.

— Mas deixamos nossos amigos no meio da batalha. Com Thrull — Quint explica. — Precisamos voltar...

— Oláááááááá! Rapazes? — Kimmy chama. — Eu posso ouvir você. Manipuladora de mentes, lembram? Além disso, vocês dois falam superalto. Já tentaram sussurrar? Não sou uma grande fã disso, mas se você quer ficar de segredinhos, talvez devessem tentar.

Quint e Dirk voltam timidamente à vista.

— Ouçam — Kimmy diz enquanto Carol volta para o lado dela —, eu não queria recorrer a suborno, porque suborno é para idiotas. Mas, se vocês nos ajudarem, eu lhes darei...

Todo mundo espera enquanto Kimmy vasculha seu casaco e então revela dramaticamente...

— ISTO!

— Uma galinha de borracha? — Dirk pergunta.

— Ooops — Kimmy exclama, olhando para a galinha. — Estava brincando com galinhas de borracha mais cedo. Quis dizer... ISTO! Um mapparatus!

> Mas podem ficar também com a galinha de borracha se quiserem. Tenho umas mil. Mas não esta, que é a minha favorita.

Quint tem que se segurar para não correr e arrancar o objeto das mãos de Kimmy.

— Um mapparatus é como uma bola de cristal misturada com um mapa! — ele explica a Dirk. — Yursl me disse que os que funcionam são muito raros.

— Este é tipo o mais raro — Kimmy fala. — E será todo seu... se matarem o Drakkor.

O povo monstro está ficando impaciente.

— Por que eles estão demorando para aceitar a missão? — um pergunta alto.

Outro grita:

— Eles não são os heróis preditos que viriam nesta temporada?

Dirk se inclina para Quint.

— Aceitar a missão? Chegando nesta temporada? Do que eles estão falando?

Como resposta, Kimmy aponta para um caminhão de figurinos estacionado em um beco próximo.

HERO QUEST 5

Guerreiros, Magos e Varinhas mágicas

PATROCINADO POR ENERGÉTICO ZUMBIDO LEGAL!

Chegando na Próxima Temporada!

Os olhos de Quint se iluminam e, por um momento, todos os pensamentos sobre voltar para casa e todos os medos de conjurar são expulsos de sua mente.

— *Hero Quest 5*! Eu sabia que conhecia este lugar! Eu vi fotos vazadas on-line! Este é o set de filmagem! Este é o verdadeiro Fleeghaven! Bom, tipo 'real', você sabe.

— *Hero quest*? — Dirk pergunta.

— Apenas a maior e mais brega série de filmes de espada e feitiçaria de orçamento médio de todos os tempos!

Dirk dá de ombros e encara o pôster do filme.

— Bem, eu consigo entender por que eles acham que nós somos os heróis da previsão ou algo assim. Quer dizer, eu me pareço muito com aquele guerreiro. E você tem uma vibe de Professor Esquisito.

— Eu acho que você quis dizer Doutor Estranho — Quint fala.

— Certo, olha só, amigo — Dirk começa a falar, como se estivesse planejando a jogada final antes da campainha de fim de jogo. — Podemos encontrar o caminho de volta ao Maiorlusco, mas isso pode levar muito tempo. Mas eu usei algo parecido com esse mapa quando lutei contra aqueles Rifters, e ele nos levará de volta rapidamente.

Quint aperta os lábios com força, pensando: *Esta é a coisa certa a fazer. E eles estão sempre fazendo a coisa certa, porque fazer a coisa certa é meio que o que eles fazem agora... Mas quantas oportunidades eles têm de fazer isso sem os comentários de Jack ou June sempre falando: "SOU A JUNE! VAMOS OUVIR MÚSICA!"*

Aqui, agora, eles podem fazer a coisa certa... e fazer isso no estilo mago e guerreiro. No estilo *Hero Quest*.

Ele está nervoso, com certeza, mas também há algo como excitação começando a borbulhar em seu peito. Dirk vê isso no rosto de seu amigo, vê que ele tomou sua decisão e lhe dá um tapa amistoso.

— A questão é a seguinte, povo monstro! Não vamos mentir para vocês! — Dirk fala. — Nós não somos aqueles heróis... não exatamente. Mas somos...

O Mago e O Guerreiro

Somos QUASE heróis.

E aceitamos a missão!

ATRIBUTOS:

Espada: ÉPICA!

Babão: FOFO DEMAIS!

Força: Superforte para um aluno do oitavo ano

ATRIBUTOS:

Inteligência: 100, o máximo possível

Habilidade de conjurar: ainda indefinida...

Confiança na habilidade de conjurar: No momento, quase inexistente

— Agora, nos mostre onde está o Drakkor — Dirk fala. — Porque nós vamos detoná-lo até não sobrar nem suas roupas.

— O Drakkor não usa roupas — Kimmy fala.

— Ele usa meias pelo menos?

— Nada de meias.

— Bem, o que ele veste? — Dirk pergunta.

— O sangue de suas vítimas.

— Ah — Dirk responde. — Então vamos matá-lo, e depois vamos lavar aquele sangue!

Com isso, os monstros explodem em uma aclamação estrondosa!

— VAMOS LAVAR O SANGUE! VAMOS LAVAR O SANGUE! VAMOS LAVAR O SANGUE!

— Aham, sim, haverá muita lavagem de sangue — Quint fala. — Mas devemos embarcar nessa missão rapidamente! Nossos amigos nos esperam.

— Então nos diga o que precisamos saber — Dirk pede. — Onde fica o covil desse monstro Drakkor?

Kimmy abre um sorriso malicioso.

— Oh, preparem-se para se divertir, eu vou levar vocês até lá. Sim, sim, eu vou com vocês!

Capítulo Cinco

NOVENTA MINUTOS DEPOIS...

Olhei o caminhão de figurinos.

Capacete novo?

Capacete duplo. Este aqui cabe exatamente em cima do meu básico capacete protetor do dia a dia.

Dirk orgulhosamente bate em sua armadura recém-adquirida.

— Veja só, este capacete é mais legal do que o meu capacete comum do dia a dia.

— Eu construí o seu capacete do dia a dia — Quint exclama.

— Exato — Dirk responde sorrindo.

— Espere, Quint, eu quase me esqueci! — Dirk fala de repente. — Se vamos em uma missão, precisamos de equipamentos épicos. Então eu peguei algo para você também...

E então, com um súbito barulho, Dirk revela:

> Manto de Mago. Você curte isso, né? Sei que sim.

Quint observa o tecido aveludado e as pedras de plástico costuradas na gola. Ele quer vestir aquilo... é o verdadeiro manto de Hero Quest! Mas...

— Não — Quint diz baixinho. — Eu não posso vestir isso. Mesmo que seja apenas uma fantasia, eu não a mereço.

Dirk franze a testa.

— Cara, você está...

BIBI!

BIBI!

Dirk é interrompido por Kimmy, no Jipe, buzinando.

— Rapazes! Por aqui! Conseguem me ver? Sou eu que estou no Jipe, buzinando! Ah, bom. Estão olhando para mim. Vaaaamooooos!

— Vou com prazer — Quint fala, subindo na carapaça. Ele precisa mergulhar no livro o mais rápido possível... e ler enquanto caminha inevitavelmente termina com ele batendo em um poste.

— Então eu passo — Dirk exclama. — Quero ficar o mais longe possível das conjurações de Quint.

Quint olha para trás. Todos de Fleeghaven se reuniram para assistir à partida. Ele vê monstros sentados nas varandas das lojas, debruçados sobre telhados e empoleirados em barris de madeira. E em seus rostos, leves vislumbres de esperança.

Esta cidade inteira colocou sua fé em nós. Em mim, pensa Quint. *Eu realmente espero que eles não estejam cometendo um erro terrível.*

E, com isso, esse estranho bando de humanos e monstros parte, viajando pela longa rua principal de Fleeghaven e depois para o estranho e selvagem deserto além.

A jornada heroica começou...

MUITOS MINUTOS DEPOIS...

Que livro irado. Tem um feitiço aí pra matar o Drakkor? É isso?

Legal. Livros são demais, né?

Mais ou menos isso, sim.

Conforme Quint vira as páginas, ele começa a se sentir nervoso novamente. O livro está cheio de diagramas e desenhos, mas ele não consegue ler as instruções ao lado deles.

Aprender a se tornar um conjurador com este livro não vai ser fácil, pensa Quint. *É como tentar montar um Lego da Estrela da Morte quando só tenho as instruções para um Lego micro-ondas.*

— O que é um Lego micro-ondas? — Kimmy pergunta.

Quint ergue os olhos, confuso.

— Como você...?

— Preciso tatuar 'manipuladora de mentes' na testa? — Kimmy pergunta. — Ah, bem que eu deveria!

Quint sente sua frustração aumentando, e o uivo cada vez mais alto do som do Jipe não está ajudando.

— Ah, Kimmy! — ele diz, se esforçando para ser ouvido. — E essa música?

— Esse é o Pete!! — ela grita de volta. — Ele é uma estrela, cara. As músicas são, na verdade, o som da comida se movendo em seu trato digestivo!

Quint está prestes a perguntar quem é Pete e por que ele soa como garras em um quadro-negro, mas então ele vê: o Jipe não tem um aparelho de som.

Em vez disso, um pequeno monstro com aparência de grilo está sentado no painel, usando uma tampa de garrafa como chapéu. Um fio de fone de ouvido está conectado à sua barriga.

— Talvez seja possível abaixar o, hã... Pete? — Quint pergunta. — Este volume não é bom para estudar.

As orelhas de Kimmy giram lentamente, como se ela estivesse revirando os olhos.

— Vocês são tão velhos.

Dirk olha para cima.

— Velhos? Quantos anos você tem?

— Apenas quatrocentos e dezenove — Kimmy fala. — O que é aproximadamente dezesseis em anos humanos.

— Bom, toma — Dirk fala. — Somos mais novos que você.

— Vocês não parecem mais novos — ela diz, mas cede ao que Quint pediu. — Pete, descanse um pouco.

Pete tira o fio da barriga e desliza pelo painel.

EU SINTO A MÚSICA EM MINHAS ENTRANHAS, CARA.

Finalmente, há algum silêncio, e Quint consegue se concentrar. Infelizmente, o silêncio dura seis segundos.

— Então, vocês disseram algo sobre Thrull? — Kimmy pergunta. E, um momento depois: — Desculpem, eu não aguento silêncios constrangedores; apenas conversas estranhas!

— Vamos impedir Thrull de construir a Torre — Dirk explica. — E salvar a dimensão de Ṛeżżőch. Essas coisas.

— Espere aí... vocês estão envolvidos com Ṛeżżőcħ? — Kimmy pergunta, impressionada. — Isso significa que vocês conhecem *o Matador do Blarg*?

Quint abaixa seu livro, e Dirk tropeça.

— Me desculpe... — Quint começa a falar. — Você disse?

— O Matador do Blarg? — Dirk repete.

Kimmy assente com a cabeça.

— Sim, vocês sabem: 'o Big Sully', 'Capitão Jack', '*Jack Sullivan, o Matador do Blarg!*'

Quint e Dirk olham para Kimmy de queixo caído.

— Certo... — Kimmy fala, e seus olhos ficam enevoados quando uma imagem se forma no ar...

Ele é um sonho!

Só pode ser brincadeira isso...

Quint e Dirk trocam um olhar atordoado e indignado.

— Certo, em primeiro lugar — Dirk começa —, ninguém chama o Jack de Matador do Blarg. Ou, tipo, qualquer outro apelido legal.

— E nós mais do que o conhecemos! Ele é meu melhor amigo! — Quint exclama.

Kimmy franze a testa.

— Que estranho, porque eu com certeza nunca ouvi falar de vocês. Você disse... Flirt e Dinko? Esses são seus nomes? Estou realmente quebrando a cabeça aqui...

— Não, eu sou Quint Baker! Cientista, inventor e detentor de um recorde de sete anos consecutivos de frequência perfeita às aulas.

— E — Dirk acrescenta orgulhoso — minha frequência foi tão ruim que a escola criou um prêmio especial para isso...

E o Prêmio Dirk Savage de pior frequência vai para...

Dirk Savage. Venha pegar seu prêmio, Dirk. Dirk?

Ele não veio hoje.

Naquele momento, Carol começa a desacelerar. Um matagal escuro de árvores está à frente deles.

— A Floresta Proibida do Pressentimento — Kimmy explica, envolvendo as orelhas em volta do rosto como um lenço. — É um momento assustadoramente ruim, mas é o único caminho para o covil de Drakkor.

Kimmy e Quint saltam do Jipe, e Carol lidera o caminho para a floresta. Em poucos momentos, eles são engolidos pela escuridão.

Lentamente, no entanto, pequenos flashes de luz começam a brilhar através das árvores. Vislumbres de cor, como raios de sol passando por um prisma.

Eles caminham por alguns minutos em pura escuridão... então, de repente, se deparam com um trecho de floresta onde o chão coberto de mato brilha e os troncos grossos das árvores cintilam.

— Respingos de Snareghul — Kimmy explica. — Também conhecido como crosta de cristal.

Quint está prestes a pedir que ela explique melhor quando eles circulam em torno de um carvalho largo e brilhante e seu coração quase explode quando ele fica cara a cara com três zumbis...

Uma vez que os gritos muito corajosos e heroicos de Quint e Dirk finalmente terminam, eles percebem que os zumbis não são uma ameaça: eles estão congelados dentro de uma crosta de cristal.

A frequência cardíaca de Quint volta ao normal e ele diz:

— É como se eles estivessem presos no vidro. — Olhando ao redor, ele acrescenta: — Grande parte deste lugar é como uma floresta petrificada...

— Ah, está mais para assombrada, isso sim — acrescenta Dirk. — Vamos acelerar o ritmo.

Os heróis, agora totalmente assustados, viajam cada vez mais fundo na floresta do outro mundo. Tudo está estranhamente quieto... até que de repente, não está mais. Uma melodia estranha e cantante vem de uma clareira à frente.

— O chamado de uma sereia? — Quint pergunta.

— Uma *banshee* ferida? — Kimmy sugere.

— Esperem... — Dirk diz, prendendo a respiração para ouvir melhor. — Isso soa como... *cantoria*?

À frente, eles veem uma brecha nas árvores pós-apocalípticas cintilantes. Raios de luz faíscam e toda a floresta parece brilhar, como o sol da manhã refletindo na neve fresca.

— Deem uma olhada nisso — Dirk sussurra, apontando para a clareira à frente.

Eles veem uma gaiola estranha, pendurada no longo galho de uma árvore envolta em cristal. A gaiola é diferente de tudo que está nesta dimensão: suas barras são carnudas e pontilhadas com gavinhas afiadas e espinhosas.

— Parece uma armadilha — Dirk fala, avançando cuidadosamente.

— Eu acho que realmente só pode ser uma armadilha — Quint sussurra. — Mas uma que já foi lançada.

A gaiola balança suavemente e gira na brisa. Aproximando-se, eles descobrem a fonte do canto: uma criatura encolhida e curvada dentro da jaula. A música fora do tom da criatura se desvanece em uma espécie de choro suave e úmido.

— Eu não acredito — Kimmy exclama com um suspiro irritado. — Galamelon?

— Quem está aí? — a criatura enjaulada, Galamelon, exclama, assustada, acidentalmente batendo com a cabeça no topo da gaiola.

— Kimmy, você conhece esse monstro que está cantando? — Dirk pergunta.

— Aham! — Galamelon responde. — O que vocês achavam que fosse cantoria era na verdade um canto meditativo. Estou me preparando para conjurar uma fuga da armadilha deste Snareghul. — Ele aponta um dedo em direção ao chão, onde, a seis metros de distância, um monstro do tamanho de um ônibus está parado, adormecido.

O SNAREGHUL

Snareghul dormindo.

ATRIBUTOS:

Sonha com: Comer o Galamelon

Dorme pesado: Sim!

GALAMELON
~O Cara Cantando na Gaiola~

Rabo-gaiola.

Casaco elegante.

Coisas de conjurador.

Crosta de cristal.

ATRIBUTOS:

Carisma: Fora de controle, simplesmente carismático demais

Habilidade de conjurar: Ainda indeterminada...

Dirk observa todo o cenário, então se vira para Kimmy.

— Deixe-me adivinhar: se tentarmos libertar esse tal Galamelon daquela jaula, então aquele monstro, o Snareghul, acorda?

— Isso — Kimmy responde. — E um Snareghul sempre acorda com fome. Venham, vamos deixá-lo desfrutar de seu café da manhã. Te vejo mais tarde, Galamelon!

Galamelon limpa a poeira de seus olhos, semicerrando-os, então de repente aperta suas bochechas contra as barras carnudas.

— Espere... KIMMY! Amiga, querida! Queria mesmo te encontrar de novo!

— E eu queria que você estivesse morto.

Dirk olha para Kimmy.

— Vocês dois não são exatamente amigos, hein?

— Nem mesmo meio-amigos. Para encurtar a história: nós o contratamos para matar o Drakkor, mas... — Kimmy se afasta. — Olha, ele é simplesmente uma droga, OK?

— Espere... — Quint diz, dando um passo em direção a Galamelon. — Você é um... conjurador?

— Claro, cara! — Galamelon concorda. — O melhor conjurador de...

— Que besteira! — Kimmy exclama. — Você não poderia conjurar uma saída de um saco de papel.

— Mentira! Eu conjurei meu caminho para dentro e para fora de dezenas de sacos de papel! Agora, ouçam uma coisa — ele implora, segurando as barras. — Eu faço um acordo com vocês. O melhor acordo das suas vidas! Nunca mais terão a chance de um acordo como esse!

— Que tipo de acordo? — Dirk pergunta, cruzando os braços.

Os olhos esbugalhados e desesperados de Galamelon percorrem os aventureiros.

— Ah, é um bom. Um muito bom. Vocês me tiram desta jaula e, em troca, ofereço algo que é, hum... que é... que é...

Os olhos de Galamelon de repente se fixam em Quint e no livro em suas mãos.

— Isso é... — Galamelon finalmente termina de falar — um livro muito raro!

— Você... sabe o que é este livro? — Quint pergunta.

> Ah, sei, sim... e, mais do que isso, sei que precisa de alguém que o ajude a descobrir os segredos dele!

Capítulo Seis

> Eu posso ler esse livro! E ajudá-lo a dominar as conjurações dentro dele. Pois eu sou o maior treinador de conjuradores desta dimensão. Um mentor supremo! Um conselheiro sem igual! Quer provas?

> Não, obrigado.

Dirk se aproxima de uma rocha próxima, se abaixa pra se sentar e imediatamente desliza pela rocha cristalizada.

— Rocha escorregadia estúpida. Magia assustadora estúpida — ele resmunga. — Esse negócio todo me dá arrepios. Não quero ver nenhuma mágica sendo feita... e, definitivamente, não na frente do Babão.

Galamelon dá a Quint um sorriso ansioso, mostrando muitos dentes.

— Acho que sua jornada o deixou faminto. Posso oferecer... algum sustento?

Com um movimento do pulso, um saco de Cheetos aparece na mão de Galamelon! Direto do nada.

— Uau! — As sobrancelhas de Quint se erguem. — Esse é o tipo de conjuração que eu preciso aprender. Bem, isso, e também como nos teletransportar de volta para o Maiorlusco. E talvez, provavelmente, também como matar um Drakkor e libertar uma rainha.

Mas um passo de cada vez — ele pensa.

— Pega! — Galamelon diz, enquanto joga o saco de Cheetos por entre as barras.

Quint não pega, e o saco cai no chão da floresta.

— Não toque nisso, Quint! — Dirk fala de seu lugar perto da pedra. — Nada de tocar em sacos mágicos de Cheetos!

Quint ignora seu amigo e, intrigado, pega o saco. Mas...

— Está vazio.

Galamelon franze a testa, mas apenas por um instante.

—Claro que está vazio! É uma conjuração em duas partes. Eu não disse isso no começo? Primeiro eu conjuro o saquinho, e agora... os verdadeiros Cheetos!

E como se fosse do nada, eles aparecem...

Impressionado?

Não estou muito não.

Esses são Cheetos Puffs. Você nem conjurou o tipo crocante, e até nós, monstros, sabemos que eles são superiores!

Dirk de repente se aproxima de Quint, o agarra e o puxa para perto da rocha.

—Quint, esse cara está me dando uma vibe de vendedor de carros usados.

Quint concorda com a cabeça.

— Eu admito, ele parece um pouco...

— Cheio de lorotas? Não confiável? Cheio de verdades falsas?

— Eu ia dizer sem polimento — Quint sussurra. — Mas, Dirk, preciso da ajuda de um conjurador de verdade... e aqui está ele, oferecendo-se para me orientar. É como se estivesse predestinado a acontecer! Um passo em nossa jornada do herói! Olha, não sabemos o que aconteceu no Maiorlusco depois que saímos. Não sabemos o que aconteceu com Jack e June... — Quint para, não querendo pensar no pior cenário.

O rosto de Dirk fica tenso, os dois imaginando os mesmos horrores.

— E não sabemos o que enfrentaremos quando voltarmos. Então eu... — a voz de Quint treme. — Eu não posso falhar novamente... preciso aprender essa coisa de conjuração. E eu não posso fazer isso sozinho. No mínimo, preciso de alguém que me ajude a interpretar o livro!

Dirk esfrega o queixo, pensando. Ele olha para o Babão. O Babão pisca duas vezes, depois espirra.

— Babão — Dirk fala. — Você é muito sábio, mesmo com poucos anos.

Dirk saca sua espada tão rápido que Quint salta para trás. Dirk avança em direção a Galamelon, ergue a espada e ataca...

KLONK!

A lâmina de Dirk bate na gaiola viva e a coisa toda se abre com um som de *schlorp* molhado! Um instante depois, Galamelon está caindo no chão da floresta.

> Dirk, isso foi idiota!

> Confiar em Quint não é idiota.

> Não havia um jeito de confiar no Quint sem acordar o Snareghul?

> Ótimo, eu tenho pó de Cheetos na minha calça de sair para jantar.

REEARRRAGH!

O Snareghul acordou, ficando instantaneamente em posição de ataque.

— Ah, droga, agora nós dançamos — Kimmy fala. — Carol, hora de fugir!

— Atenção! — Quint grita. — A cauda de gaiola do Snareghul está atacando!

A cauda monstruosa voa pelo ar, então há um barulho alto quando a gaiola bate em uma árvore. Um flash de branco prateado irrompe da cauda do Snareghul, salpicando o tronco da árvore com crosta de cristal.

— Pessoal, vamos embora! — Kimmy grita, enquanto entra no Jipe. — Agora!

Dirk se levanta enquanto Carol começa a ganhar velocidade. Galamelon agarra a cauda de Carol, puxando-se para cima, mão sobre mão.

— Esperem! — Dirk grita. — O Quint não está aqui!

Dirk vê Quint correndo atrás deles. Ele está quase chegando no Jipe, até que tropeça na bolsa de Cheetos conjurada pelo Galamelon e cai de cara no mato.

O rosnante Snareghul avança na direção de Quint com o rabo estalando atrás de si! Quint fica de pé e balança seu cajado como um taco de hóquei, acertando um punhado de Cheetos...

— Espera, pessoal — Quint GRITA, correndo a todo vapor agora, os pés batendo no chão da floresta.

Mas Carol está galopando livre, e Kimmy não consegue fazê-la diminuir o ritmo.

O Snareghul se recuperou rapidamente do ataque ocular. Sua cauda está balançando descontroladamente, ganhando impulso, prestes a cair sobre Quint.

— Esperem! — Quint grita novamente, e então...

— Acelerando! — Kimmy grita de volta enquanto Carol avança mais rápido pela floresta.

O rugido furioso do Snareghul ecoa pela floresta, sacudindo as árvores com uma raiva poderosa. Há um *SMASH* ensurdecedor quando o Snareghul bate com raiva a cauda da gaiola, batendo no chão e sacudindo tudo.

— Você me salvou! — Quint diz para Galamelon, ainda recuperando o fôlego.

— Eu verificaria seus bolsos — Kimmy resmunga. — O malandro provavelmente roubou sua carteira.

— Claro que salvei você — Galamelon afirma, brincando com a alavanca de reclinar do assento. — É o que eu faço. Não sou apenas ótimo em conjurar... também sou ótimo em salvar.

Dirk franze a testa. Ele está um pouco menos cético em relação a Galamelon, mas apenas cerca de 6%. Ainda está 94% cético.

Mas Galamelon salvou Quint, o que conta muito. Então, faz parte da jornada do herói deles.

Pelo menos por enquanto...

— Então, para onde esse bando de heróis está indo? — Galamelon pergunta, inclinando-se para trás e deslizando as mãos atrás da cabeça. — Ou somos uma sociedade? Um grupo de aventura? Um sindicato de espadachins talvez? Como estamos nos chamando?

Somos heróis em missão.

E a missão é matar o Drakkor.

BomBomBom.

Podem me deixar no próximo bar?

Ah, não. Está com a gente agora. Nós te soltamos, você precisa ajudar o Quint. O acordo foi ideia sua, lembra?

Capítulo Sete

Dirk vira a cabeça e olha para o Babão.

— Na verdade, não sei muita coisa sobre o Babão. Tenho muito o que aprender. Mas isso tudo é parte de...

Dirk é interrompido por uma comoção repentina ocorrendo no Jipe. Dirk e Kimmy se viram bem a tempo de ver Galamelon apertando algo no cajado de Quint.

— Espera, Galamelon! — Quint grita. — Não toque nessa alavanca ou...

FWOOM

TIRO MÁGICO!

— EI! — Dirk ruge. — Cuidado pra onde você aponta essa coisa!

Galamelon franze a testa para Dirk, depois volta sua atenção e o cajado de conjurador em direção ao Quint.

— Seu equipamento não é como qualquer outro que já vi antes — Galamelon diz.

— Porque não é — Quint responde. — Construí usando materiais desta dimensão. A minibola de basquete dá um empurrãozinho mágico, mas é a tecnologia que me permite empunhá-lo. Yursl me ensinou tudo o que sei sobre essas coisas.

— E posso dizer que você sabe muito — Galamelon afirma.

Quint balança a cabeça.

— Não o suficiente. A primeira vez que usei o cajado... foi, hã, ruim. Tentei destruir um monstro usando *Kinetic Crescendo*. Mas eu só o cortei ao meio...

— Cortou ao meio! Isso é fantástico, cara!

— Hã, não. Eu também nos teletransportei por engano.

Galamelon acena sabiamente com a cabeça.

— Sim, isso vai acontecer mesmo. Encantamentos de destruição não são fáceis. Para mestres mágicos como eu, eles são uma brisa. Mas é difícil para um novato. Melhor deixar para os especialistas.

— Preciso ser um especialista — Quint fala.

— E é por isso que você me trouxe! — Galamelon diz, exibindo um sorriso largo e torto. — Agora vamos ver com o que estamos trabalhando aqui...

Galamelon abre o livro e começa a virar as páginas. Ele balança a cabeça, conjuração após conjuração, até que finalmente diz:

— Bingo! Esta! Vamos começar com algo simples.

Quint franze a testa para o texto sobrenatural.

— Mas eu não consigo ler isso.

Galamelon acena a mão com desdém.

— Pssh. É apenas uma tonelada de palavras... não há necessidade de se preocupar com elas. Tudo que você realmente precisa é do nome da conjuração: Ňåżż Œül. O que, em seu idioma, se traduz em "Orbe de Proteção". Basta fazer os movimentos desenhados e dizer essas três palavras. Você nasceu para conjurar essa conjuração, cara!

Quint olha para a página, talvez ele possa ignorar as palavras. Talvez seja como pedir no menu da lanchonete Denny's, aquele com todas as fotos, que quando você não consegue decidir entre o Superchocolate Triplo ou o Magro Lenhador Triplo, as fotos sempre dizem qual a melhor opção.

— Certo — Quint concorda. — Se você está dizendo...

Ele começa a balançar o cajado em um padrão de onda e, quando começa a zumbir, ele grita:

— Orbe da Proteção! — e então puxa o gatilho. Algo como uma corda boba explode da ponta do cajado e...

SCHLA-BOOM!

> Ei! Vocês lançaram magia em cima de mim! Agora chega... a partir de agora, todas as conjurações devem ser feitas no banco de trás e de costas. Longe do Babão. E de mim!

> A menos que forem conjurar gatinhos. Pode fazer isso sempre. Sempre.

Galamelon revira os olhos, mas o olhar duro de Dirk o pega, e ele relutantemente sobe para a parte de trás do Jipe.

— Não preste atenção nesses dois — Galamelon diz, enquanto Quint o segue. — O que importa é que você conseguiu fazer!

— Será que fiz? O que eu conjurei não se parecia com isso — Quint diz, batendo na página. — A imagem mostra algo mais parecido com uma bolha protetora...

— Bolha protetora, ondas de macarrão, dá na mesma — Galamelon fala. — Agora, vamos lá, estamos começando bem. Vamos continuar, cara!

E assim começa...

Uma Montagem de Treinamento de Conjurador — liderada pelo Sábio Conselheiro Galamelon!

Aumentar o inseto!!

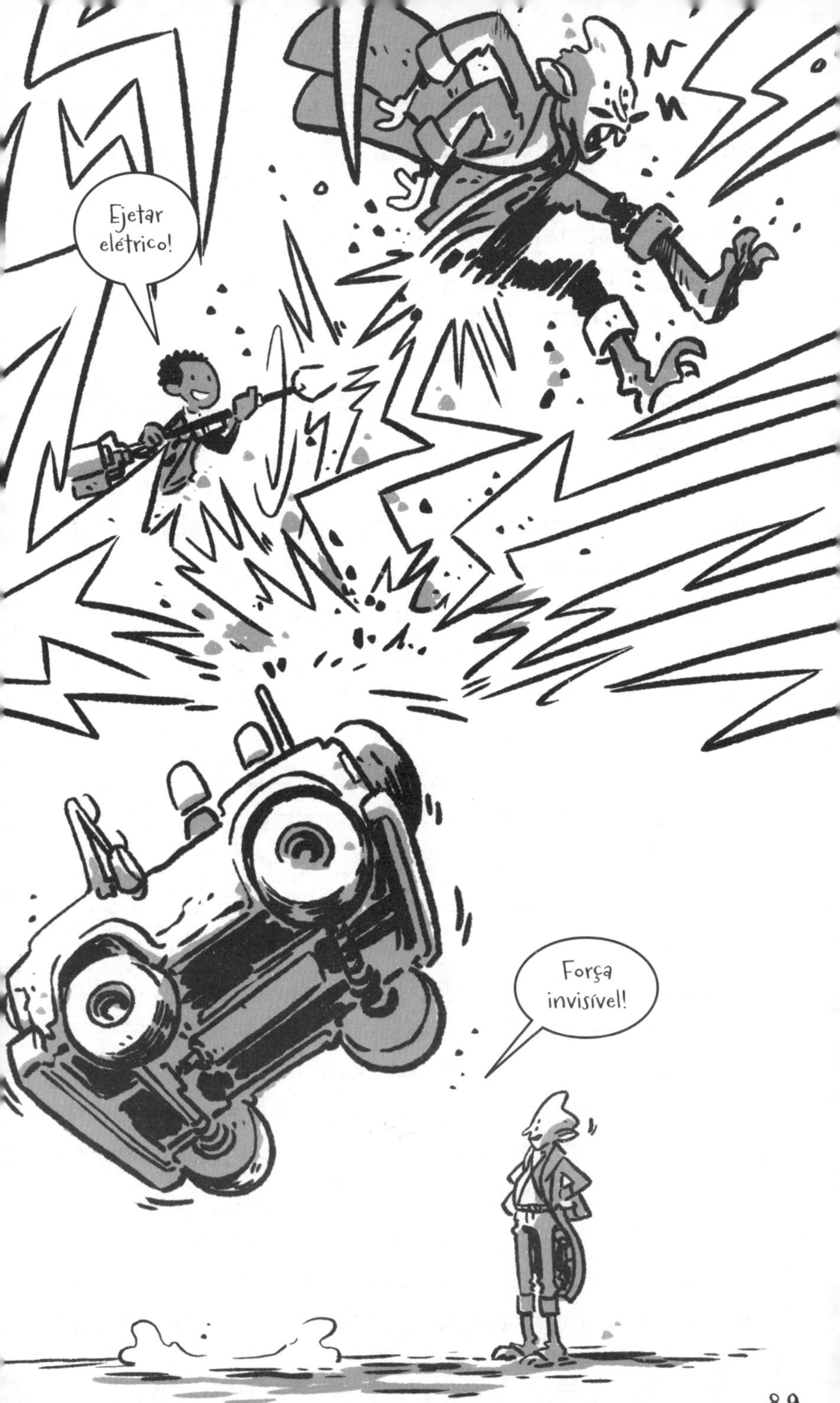
Ejetar elétrico!
Força invisível!

O odor de eletricidade e suor enche o ar. Em menos de três horas, Quint realizou cerca de trinta e sete conjurações.

— Você está fazendo um tremendo progresso, cara! — Galamelon comemora. — Você é um conjurador nato!

Quint franze a testa.

— Mas nenhuma dessas conjurações foi realizada como era a intenção. E nada disso vai me ajudar a matar um Drakkor.

— Bem, é como eu estava dizendo: encantamentos de destruição são difíceis. Pode levar anos de treinamento.

— Eu não tenho anos! — Quint exclama. — Eu tenho um Drakkor para matar, tipo, amanhã.

— O tempo é um inimigo complicado, de fato — Galamelon fala. — Então pule para frente no livro, vá para as coisas boas.

— Avançar no livro parece perigoso...

— Você sabe qual é o seu problema, Quint? — Galamelon pergunta. — É a sua confiança!

Quint olha para Galamelon.

— Se você realmente é um grande conjurador, por que não matou o Drakkor?

Galamelon aponta o polegar para Kimmy.

— Aqueles monstros estavam me segurando! Não me deixaram liberar todo o meu potencial! Nunca deixaram eu me soltar... veja, eu sou um cara bem solto, como você...

— Eu não sou realmente um cara "solto".

— Exatamente o que eu estava prestes a dizer! Eu sou um cara solto, como *você vai ser!* — Galamelon afirma. Ele puxa Quint para mais perto. — Veja só, as pessoas temem o que não entendem. Conjuradores, como nós, precisam superar isso. Bloquear esse medo.

Quint morde o lábio, pensando no medo de Dirk de todas as coisas de conjuração.

— Acho que isso faz sentido...

— Claro que faz! Agora, vamos. Ignorando as partes chatas, vamos direto para as coisas grandes! — Galamelon aplaude, virando as páginas. — Dê uma chance a este: Adagas da Perdição.

Quint foca, segue o desenho e...

KRAKA-ZOOP!

Um feixe de plasma fumegante explode Galamelon de seu assento e o arranca do Jipe. Ele atinge o chão com um baque.

> Só vou fazer isso porque ele merece.

> Esse é o tipo de mágica que eu apoio.

CLIK FLASH!

O sol está se pondo atrás do horizonte quando Kimmy diz:

— O covil do Drakkor fica logo depois da próxima cidade, mas é muito perigoso viajar no escuro. Além disso, não gosto de dirigir à noite.

— Eu dirijo! — Galamelon diz, acenando com o braço.

— Não, não dirige! — Kimmy responde, acenando com dois braços em resposta.

Ela puxa a alavanca de câmbio, pisa no acelerador e conduz Carol em direção a um hotel próximo à estrada.

— Muito bem, tripulação — ela fala. — Vamos descansar aqui esta noite. Festa do pijama em grupo! Fiquem confortáveis!

Todos descem do Jipe e olham ao redor: eles estão nas ruínas de um hotel zero estrela na beira da estrada chamado *Scandinavian Inn*...

— Está detonado — Kimmy explica. — O Drakkor esteve aqui e destruiu este lugar. E isso é...

— ÓÓÓ! — exclama Galamelon. — Tô vendo uma máquina de *blackjack*!

Galamelon sai correndo enquanto Quint e Dirk esperam pacientemente que Kimmy continue.

Kimmy engole em seco.

— É assim que Fleeghaven se parecerá, em breve, se vocês não matarem a fera...

Quint engole em seco. *Eu preciso dominar minhas habilidades de conjuração. E rápido.*

Capítulo Oito

— Galamelon — Quint chama, entrando na piscina. — Meu cajado terminou de carregar. Podemos ter algumas horas de estudo noturno?

Galamelon salta, ficando em pé.

— Com certeza, Quint. Que pena, eu estava prestes a convocar um farto banquete para nossos companheiros. Mas, o dever de mentor me chama. Vamos deixá-los com suas comidas tristes e não chiques. Você tem treinamento a fazer.

Dirk lança um olhar cético para Kimmy enquanto Quint e Galamelon caminham para cima e para fora da piscina inclinada.

— Então, Kimmy, me diga uma coisa — Dirk pergunta, enquanto mastiga um sanduíche de biscoito com manteiga de amendoim laranja de três andares. — O que vamos ver amanhã? Você disse que o Drakkor, tipo, sobe de nível entre os ataques?

— Com certeza! — Kimmy responde, descascando um pedaço de uma grande bola de massa de donut e colocando na boca. — Fica maior, mais assustador.

— Gostaria que ainda tivéssemos a Big Mama... — Dirk diz, parecendo triste. — Ou nossos BuumKarts. Ou qualquer uma das engenhocas malucas de Quint que tínhamos em Wakefield, em nossa casa na árvore.

— Você deve sentir falta de casa — Kimmy fala, gentilmente.

— Ah. Apenas um pouco. Lar é onde meus amigos estão...

— ABRE A BOCA! — Kimmy de repente exclama.

— Hã? — Dirk olha para cima no momento em que Kimmy joga uma bola de massa de donut fresca na direção dele. Dirk abre a boca, mas...

> Mas o que... Ei! Babão!!

YOINK!

Babão engole o pedaço de massa interceptado e nem tem a decência de parecer envergonhado. Ele emite um *BURP* agudo, seguido por uma risadinha travessa.

— Nunca o vi fazer isso antes — Dirk se maravilha.

— O garotinho aprende algo novo todos os dias — Kimmy assente. — Eu também! Fiquei sabendo que sua dimensão tem muitas lojas de colchões. Tipo, muito mais do que parece necessário, hein? E vocês têm essas coisas chamadas *famílias*, que são uma grande besteira.

— Bem, Kimmy — Dirk fala. — Vamos torcer para que Quint esteja aprendendo tão rápido quanto você e o Babão...

Quint não está aprendendo tão rápido quanto Kimmy ou o Babão. Naquele momento, ele está olhando nervosamente para uma barraca de lanches enferrujada, que Galamelon modelou em um campo de tiro improvisado para um conjurador. Uma única garrafa de refrigerante fica em cima da caixa registradora.

— Este é muito simples — Galamelon conta, dando um tapa no ombro de Quint. — Basta sacudir seu cajado em um movimento tricircular, dizer 'Jab Arcano' e explodir essa garrafa em pedaços. É uma conjuração de baixo nível. Um trabalho totalmente fácil.

Quint respira fundo e se concentra na garrafa. Ele começa a girar o cajado e então:

— *JAB ARCANO!*

BZZ-OOOOSH!

É isso!

Isso foi maior e bem mais destrutivo do que eu queria!

— O quê? Não, todo mundo ama coisas grandes e destrutivas! Como eu sempre digo: 'Não há nada *grande demais* ou *destrutivo demais*.' Essa foi a minha frase do anuário da escola.

Quint balança a cabeça.

— Por que não consigo fazer isso? Eu nem me sinto eu mesmo.

Galamelon coloca a mão no ombro de Quint.

— Talvez você não seja mais você mesmo. Pense nisso! Assustador, hein? E, falando nisso... Galamelon tira uma máscara para os olhos do bolso. — Hora de dormir! Estou acabado. Durma bem!

Quint fica ali parado, boquiaberto e com o cajado pendurado frouxamente nas mãos. Ele observa Galamelon descer na piscina quase vazia do hotel, amaldiçoando a condição de seu local de dormir, antes de finalmente se largar em uma boia de unicórnio meio inflada.

— Você está bem, cara?

Quint se vira e vê Dirk andando na beira da piscina.

— Não! Eu vou decepcionar Kimmy, vou decepcionar todo mundo.

— Quint...

— Eu já fazia multiplicação aos quatro anos! Trigonometria aos sete anos. Eles iam me mandar para o ensino médio para fazer biologia avançada, mas recusei porque o ensino médio cheira a colônia e caçarola de atum!

— Já terminou? — Dirk pergunta.

Quint suspira pesadamente e acena que sim com a cabeça.

— Bom, agora, me escuta — Dirk começa. — Eu nunca estudei para uma prova. Acho que nunca abri um livro. E olhe para mim agora.

— Você parece um He-Man pirata.

— Exatamente! Eu me saí bem!

— Apenas *bem* não vai dar certo — Quint diz, com a voz pesada, enquanto se joga em uma espreguiçadeira enferrujada. — Eu preciso de um A+ em conjuração, e preciso agora. Dirk, sempre arrasei em tudo.

— Ah, sério mesmo? — Dirk pergunta. — E a Liga infantil? E a Queimada? E a semana que tentou jogar curling? Ou quando...

— Sim, certo, não em tudo. Mas em tudo que realmente tentei ser bom! — Quint afirma. — Então, por que isso é tão difícil?

— Porque não é uma coisa natural — Dirk responde. — E está tudo bem. Você vai conseguir. Igual ao Jack conseguindo falar com garotas, apesar de ser algo que definitivamente não era nada natural para ele.

— Ah, certamente não era — Quint concorda com um sorriso. — Eu estava com ele na primeira vez que ele tentou falar com a June...

> TENHO UM TRAVESSEIRO QUE PARECE UM TACO.

— Isso é a cara do Jack — Dirk comenta, rindo um pouco enquanto se senta em uma pequena mesa ao lado da piscina. — Espero que o Babão nunca peça conselhos a ele...

Dirk olha para Quint, e está prestes a dizer ao amigo para não se estressar, apenas relaxar, mas quando olha nos olhos de Quint, vê medo real neles.

Quint precisa de habilidades de conjuração sérias e legítimas, habilidades que ele não tem.

— EI, VOCÊS, PAR DE CORUJAS DA NOITE! — Kimmy grita. De repente, ela aparece na escada da piscina, com a cabeça espreitando, e Dirk fica feliz com a interrupção. — Vocês precisam dormir, vão precisar de suas energias amanhã à tarde, o relógio já avisa a hora de matar o Drakkor e salvar a rainha.

Kimmy começa a descer a escada, então faz uma pausa e coloca a cabeça para cima novamente.

— Não esqueçam: estamos aqui porque vocês são heróis. É melhor vocês dois não me decepcionarem. Porque, se fizerem isso, eu vou parecer muito idiota.

Kimmy então escorrega da escada e cai na água. Um momento depois, ela grita:

— Ainda mais idiota do que isso!

Quint e Dirk, deixados sozinhos, olham para o terreno baldio aterrorizante logo à frente, o imponente monumento viking paira sobre eles. Quint e Dirk sentem um calafrio ao pensar no Drakkor, esperando em algum lugar lá fora.

— Durma um pouco — Dirk diz, finalmente. — Kimmy está certa, vamos precisar de nossa energia...

E essa palavra, "energia", faz Quint pensar. Assim que Dirk desce pra piscina, Quint retorna ao seu livro. Ele tem um plano...

Capítulo Nove

Dirk acorda ao som de um *SCHWOOM* alto seguido por um *BANG*!

— O quê? — ele resmunga, meio adormecido, mas já chutando o roupão de hotel pulguento que estava usando como cobertor. Babão faz seu som de bom-dia enquanto Dirk pega sua espada.

Saindo da piscina, Dirk vê Quint. Ele está de pé com seu cajado de conjurador no trampolim da piscina, mascarado em silhueta pelo sol da manhã.

— Cara, você já está acordado? — Dirk pergunta, ainda esfregando a gosma dos olhos.

— É mais tipo: *ainda acordado*! — Quint diz com um sorriso malicioso e um pouco enervante.

— Você dormiu pelo menos um pouco?

— Ah, sim. Uns bons três minutos. Dormi em pé. Como um cavalo!

Dirk olha para Quint de lado, percebendo que ele parece um pouco agitado, como se tivesse bebido dez refrigerantes do tamanho grande de cinema.

— Você está bem, cara? — Dirk pergunta. — Eu não vi você tão ligado desde aquela época que tentou controlar Big Mama com a mente...

Sim, agora estou ligado de verdade!

— E teria funcionado se você não tivesse me interrompido — Quint lembra, abrindo um sorriso largo demais. — Agora, sobre a sua pergunta, posso estar um pouco superenergizado, sim, mas me sinto ÓTIMO. Eu estudei MUITO, amigo. E acredito que dominei UMA conjuração: *Kinetic Volley*. O segundo nível da árvore de conjuração do *Kinetic Dynamo*.

— Espere aí... *Kinetic Dynamo*? Não foi esse que nos teletransportou?

— Quase. Foi o Kinetic *Crescendo* que nos teletransportou... esse é do sétimo nível da árvore de conjuração do *Kinetic Dynamo*. Mas a tecnologia em meu cajado me permite ajustar a energia, ou o poder, se você preferir, da conjuração. Está entendendo?

Dirk coça o queixo.

— Hã, sim, tô entendendo. Mais ou menos. Mas explique de novo para o Babão.

Quint sorri, feliz em continuar.

— Toda conjuração tem níveis... assim como uma árvore de habilidades em um videogame! Em seu nível máximo, o *Kinetic Dynamo* produz energia suficiente para se teletransportar, como você viu. Mas, em um nível mais baixo, é semelhante a uma pequena explosão de laser. Ao ajustar alguns mostradores e botões, torna-se uma conjuração menos poderosa... e menos teletransportadora! Veja só!

O Babão solta um *meep*.

— Pois é, Babão — Dirk responde. — Muito uau mesmo.

Só então Kimmy aparece meio cambaleando. Suas orelhas altas estão se mexendo em ângulos selvagens.

— Cedo demais — ela murmura. — Despertei mal.

— Olha quem está de pé! — Quint chama alegremente. — Ei, dorminhoca, você está pronta para matar um Drakkor?

Kimmy inclina a cabeça, um pouco surpresa com a ânsia energética de Quint, e então sorri.

— Ooh, sim, sim, sim — ela responde, de repente bem acordada.

Eles despertam Galamelon, que perdeu toda a comoção graças a um par grosseiro de tampões de ouvido de goma de mascar.

— Só um pouco mais... — ele murmura. — Estou no meio de um sonho poderoso. Os sonhos geralmente predizem o futuro e, como conjurador, devo atender ao chamado do sonho. Pode ter muito significado...

— Você está falando sobre esse sonho? — Kimmy pergunta, projetando para todos verem...

— Você está aqui para ajudar o Quint — Dirk rosna, agarrando a máscara de dormir de Galamelon e puxando-o para que fique em pé. — Então levanta e começa a ajudar. A menos que você queira lidar com o Drakkor sozinho.

— Não há nada que eu desejasse mais — Galamelon fala. — No entanto, prometi guiar Quint... então devo restringir o uso de minhas próprias habilidades poderosas. Não é tarefa fácil para um mestre conjurador como eu, mas estou sendo disciplinado.

— Você pode ser disciplinado no Jipe — Dirk continua. — Vamos lá.

Carol galopa com força pelas ruas queimadas pelo sol, acelerando pelo ar espesso e úmido. O sol está no meio do céu quando, finalmente, os aventureiros chegam ao covil do Drakkor.

ESTACIONE NOS FUNDOS

Espera aí. O Palácio da Diversão do Rei Gambá é o covil do Drakkor?

REI GAMBÁ
Palácio da Diversão
Fantástico! Vamos matar o Drakkor, libertar a Rainha de Armadura e ainda teremos tempo de nos divertir.
Ótima agenda da vitória. Só um pequeno comentário: o Drakkor tá lá em cima...

Apertando os olhos, eles veem a cauda pontiaguda do Drakkor pendurada na lateral do palácio, serpenteando pelas aberturas no parapeito. O resto do monstro é obscurecido por um pináculo de plástico lascado de tinta. Um ronco rouco pode ser ouvido e a cauda do animal adormecido sobe e desce a cada respiração.

— Então, qual é o grande plano de vocês? — Kimmy pergunta.

Mas Quint não a ouve. Olhando para o palácio, cheio de confiança de conjurador, ele só consegue pensar em sucesso.

— Dirk, quando fizermos isso, seremos ainda mais heroicos do que os heróis reais da *Hero Quest*! Talvez façam um filme de verdade sobre nós! *Hero Quest 6*!

Dirk sorri.

— Ei, você está certo! E haveria baldes de pipoca colecionáveis de Dirk e Quint!

— Teríamos nosso próprio cereal matinal! — Quint exclama. — Vai ser demais!

— Meep! — Babão guincha excitado. — Meep!

— Eu quero participar disso — Galamelon fala. — Camisetas, toalhas de praia, a coisa toda.

— Oláááááááá — Kimmy chama, interrompendo aquela sessão de *brainstorming* inoportuna. — Vocês deveriam estar pensando em matar o Drakkor, não em oportunidades de licenciamento! Embora eu com certeza comprasse todo esse lixo de vocês...

Então Kimmy mostra no ar quatro sonhos bem embaraçosos...

HERO QUEST 6

MEU NOME É BABÃO SAVAGE. VOCÊ MATOU MEU PAI. SE PREPARE PRA MORRER. MEEP.

Não coma a gente, Galamelon!!

Antes que Galamelon possa explicar que ele só os estava comendo porque faziam parte de um café da manhã bem equilibrado, Carol gane e corre em direção ao palácio.

— Essa filhotinha não vai viver para ver a idade adulta se continuar assim — Dirk fala, enquanto eles correm atrás da carapaça fugitiva.

Eles correm pelo estacionamento do Palácio da Diversão e encontram Carol do lado de fora de uma ponte levadiça de plástico, devorando doces de uma máquina de venda automática tombada.

— Olhem — Galamelon fala, apontando para a entrada. — Nosso anfitrião nos espera.

Atravessando a ponte, eles encontram um gambá animatrônico em trajes reais: o Rei Gambá.

— Eu vou lidar com isso — Galamelon diz. — É importante saber como falar com esses tipos bem-nascidos.

— Cara — Dirk começa, mas...

— Assista e aprenda, cara — Galamelon afirma, pegando um cartão do bolso.

> Meu suserano! Eu sou Galamelon, o Grande, Conjurador Extraordinário. Devo cumprimentá-lo em sua bela casa.

> Pergunta: você tem um conjurador residente? Se não, devemos conversar! pode ser uma parceria lucrativa! Mas, primeiro, pedimos humildemente entrada e indicações para a torre, onde espera uma rainha. Aqui, pegue meu cartão.

O Rei Gambá, é claro, não diz nada.

— Ah — Galamelon fala, piscando para Quint. — Um governante estoico. Ele precisa de mais do que educação. Tome notas, jovem aprendiz...

— DEIXE-NOS ENTRAR, MEU CARO! — Galamelon grita, então começa a acenar com as mãos, e segue isso com um chute circular fraco, depois uma reverência, que se transforma em uma queda não intencional.

Enquanto Galamelon está no chão, gemendo por causa de uma contusão, Dirk aperta o botão FALE COM O REI no boneco animatrônico.

A voz do Rei Gambá é estática e levemente robótica.

— Saudações, camponeses! Se você tem reservas para o Teatro com Pizza, viaje subindo as escadas. Se deseja uma visita ao Calabouço do Beisebol, viaje para baixo. E lembre-se do único decreto do Rei Gambá: divirta-se!

— Obrigado, ó rei sábio e benevolente! — Galamelon responde, enquanto se levanta desajeitadamente de sua queda acidental. — Em troca de sua hospitalidade, realizarei uma conjuração, uma que o recompensará com uma vida inteira de boa sorte e...

ZZZ-KRAK!

Antes que Galamelon possa terminar, a figura animatrônica entra em curto-circuito: os globos oculares do rei brilham, seus pelos pegam fogo e sua cabeça salta como um brinquedo quebrado.

— Entrada concedida! — Galamelon fala. — Mais um sucesso do mestre conjurador. — E então, enquanto corre para dentro, ele guincha: — Se alguém perguntar, aquela coisa com a cabeça dele nunca aconteceu!

— Carol, você fica de vigia. Fique aqui, tá? — Kimmy diz, apontando para o estacionamento. — Mas não deixe que isso impeça você de se divertir! É um decreto do rei!

Com isso, ela segue os heróis até o covil do Drakkor...

> Então, vamos trocar umas ideias. Mas não aquelas suas, pois não eram ideias, eram sonhos bestas.

> O calabouço parece o tipo de lugar que se manteria um prisioneiro. Galamelon e eu vamos lá e usaremos nossas habilidades pra salvar a Rainha de Armadura.

> Então Kimmy e eu vamos subir e ver qual é a desse Drakkor...

> Eu esperava enfrentar o Drakkor, um contra um, em uma batalha de magia contra poder. Mas, relutantemente, concordo em participar da parte do plano de resgate da rainha.

Quint e Dirk, o mago e o guerreiro, se cumprimentam com um soquinho. Dirk olha atentamente para Quint.

— Você está bem, amigo?

— Estou com um pouco de fome — Galamelon responde.

— Não você — Dirk suspira. — Estou perguntando ao meu amigo de verdade: Quint.

— Eu estou bem! — Quint diz, com os olhos muito arregalados. — Incrível que todo aquele estudo tarde da noite está prestes a valer a pena.

Dirk percebe que Quint está pulando na ponta dos pés e batendo de leve no cajado. Dirk não tem certeza se seu amigo está cansado demais, acordado demais ou se tornou o conjurador mais confiante do mundo da noite para o dia.

— Tudo bem, então — Dirk fala. — Tome cuidado, ok?

— E você também, cara — Quint diz, dando um cutucão muito forte no ombro de Dirk. — Jornada do herói!

Dirk engole em seco, tudo em sua cabeça está lhe dizendo que Quint não está pronto para isso, mas também tem certeza de que duvidar de Quint seria um erro.

O sorriso de Quint vacila por um momento, então Dirk diz rapidamente:

— Vejo você em breve então! Você não tem como errar, eu serei o cara carregando a carcaça do Drakkor.

Amigo, não se esqueça do que aconteceu da última vez que usou o cajado...
SIM, DIRK. EU LEMBRO BEM!

Capítulo Dez

Quint e Galamelon percorrem uma série de corredores inclinados, cada um mais mal-iluminado que o anterior. Velas movidas a bateria piscam em arandelas de plástico, revelando uma gosma preta de óleo pingando de rachaduras no teto e escorrendo pelas paredes.

— Cheira a sangue de monstro — Quint comenta. — E está ficando tão escuro que mal consigo ver...

Galamelon puxa um colar de debaixo da camisa, há um *SNAP* repentino, e então uma luz rosa neon preenche o corredor.

— Uau! — Quint diz, admirado. — Que conjuração é essa? Você pode me ensinar?

Colar de bastão brilhante. Eu mesmo fiz. Nunca se sabe quando uma festa pode acontecer.

Ah.

Mas não estava comigo até agora. Eu invoquei o colar com um flash de minha mente, e agora aqui está, em volta do meu pescoço.

Antes que Quint possa dar a essa afirmação o pensamento que ela merece, um som os interrompe.

— Um barulho estranho à frente, um murmúrio estranho... — Quint diz, espiando pelo corredor sombrio. As paredes estão rachadas como se algo grande tivesse se espremido lá: *o Drakkor* — ele pensa.

Galamelon aponta com a cabeça.

— O ouvido do meu conjurador ouve um murmúrio próximo.

Eles seguem em frente, emergindo em um salão cavernoso cheio de gaiolas de rebatidas de beisebol: o Calabouço do Beisebol.

O som incômodo está mais claro agora: uma espécie de divagação louca e sem sentido.

— Devo admitir — Quint diz. — Esse é um dos sons mais perturbadores que já ouvi...

ENQUANTO ISSO, DIRK E KIMMY SE DIRIGEM AO TEATRO COM PIZZA:

É um dos sons mais perturbadores que já ouvi.

Que som? Não ouço nada..

O som irradiado pelo medo no seu cérebro.

— Ei! — Dirk exclama, de repente processando o que Kimmy disse. — Não é medo que você está ouvindo. É prontidão. Prontidão e nervos de aço. Estamos quase no Teatro com Pizza, então estou me preparando. E pare de ler a minha mente!

— Certo, certo. Eu entendo a questão do consentimento da leitura da mente — Kimmy responde. E, um segundo depois, ela diz: — Então, o que você está pensando?

— Pensando em matar um Drakkor. E como não estou nervoso por fazer isso — Dirk afirma, e não se importa nem um pouco se Kimmy pode ler essa mentira.

Gosma de óleo preta escorre pelas paredes da escada em caracol que leva ao Teatro com Pizza do Rei Gambá. Os degraus estão cheios de ossos e, a cada poucos momentos, há um *CRACK* quando um é esmagado sob as botas de Dirk. Há um *CRACK* final quando Dirk e Kimmy alcançam um par de portas duplas vermelhas.

— Vamos fazer isso, vamos! — Kimmy fala. — É hora do Teatro com Pizza!

Dirk grunhe e empurra a porta, revelando um grande auditório circular. Anéis de mesas de jantar circundam um grande palco central. A luz penetra através de falsos vitrais, e Dirk vê tiras descoloridas de algo espalhado e descartado pelo teatro.

— Ah, caramba — Dirk fala. — Acho que essas coisas são...

— Não cheira bem — Dirk resmunga, puxando a gola da camisa sobre o nariz. — Tem o cheiro dessa coisa preta de gosma de óleo.

Kimmy pega uma das longas tiras e lentamente esfrega um dedo sobre ela.

— Isso é velho.

Dirk se inclina, olhando a tira.

— Parece a pele de uma cobra depois da muda. Você disse que o Drakkor fica cada vez maior, certo? Talvez ele solte isso quando sobe de nível e fica mais malvado.

— Não tem gosto ruim! — Kimmy diz, enfiando uma bola de pele em sua boca.

— Você é tão estranha, Kimmy.

Ela faz uma pausa, mastigando.

— Hum. Na verdade, se eu for analisar bem... tem gosto de...

— Não, não me conta. Por favor, não me conta.

Um estrondo suave e constante pode ser ouvido de cima. Seus olhares saltam para cima, bem a tempo de ver pedaços de poeira do teto.

— Acho que o Drakkor está dormindo bem acima de nós — Dirk sussurra.

Kimmy aponta para o outro lado do teatro onde tem uma porta com uma placa: ACESSO AO TELHADO: SOMENTE FUNCIONÁRIOS.

— Então esse é o nosso caminho para o Drakkor. Ahh, que droga, não somos funcionários.

— Tenho certeza de que não teremos problemas — Dirk responde.

> Então, vamos subir lá, chegar por trás da coisa e... BUUM. Bem rápido.

> Enquanto ele dorme? Que coisa feia, cara.

> Está destruindo sua cidade e seu povo! Você nos pediu pra matá-lo!

— Essa é a missão! — Dirk continua, tentando manter sua voz no volume de "não acorde o dragão". — Estamos em uma *missão para matar o Drakkor*.

As orelhas de Kimmy avançam duas vezes, como se ela estivesse piscando. Dirk suspira.

— Ok, olha, eu também não amo fazer isso, mas, se não acabarmos com tudo no telhado, será ruim para muito mais criaturas inocentes. Quer dizer, eu pisei em muitos ossos da entrada até aqui. De verdade, uma vez feito isso, vou ter que me sentar no meio-fio e passar uns vinte minutos raspando osso das minhas botas.

— Posso ajudar a raspar a sola das suas botas? — Kimmy pergunta.

— Claro.

— Excelente! Então estou dentro! — Kimmy diz, começando a atravessar a sala. — Vamos lá. Vamos matar esse pesadelo dorminhoco.

ENQUANTO ISSO, NO CALABOUÇO DO BEISEBOL:

Nossa!

— Um pesadelo — Quint concorda. — Isso é o que esse absurdo distorcido assustador me lembra: alguém murmurando, no meio do pesadelo.

Apenas uma gaiola de rebatidas está fechada, mas eles não conseguem ver dentro, porque empilhados contra ela estão dezenas de ossos de monstros: caixas torácicas, garras e caudas irregulares.

— O som está vindo daquela gaiola — Quint aponta. — Aposto que a rainha está presa lá dentro!

— Eu cuido dessa parte — Galamelon fala, tirando a poeira do casaco comprido, limpando a sujeira dos ombros e tentando alisar a camisa. — Sou especialista em falar com rainhas.

Mas antes que Galamelon possa exibir sua proficiência em língua de rainhas, uma nova rodada de gritos loucos irrompe da jaula e ele congela.

Quando o barulho finalmente cessa, é Quint quem dá um passo à frente. Ao se aproximar da gaiola, ele sente uma mistura de emoções conflitantes: hesitante em descobrir o que vai encontrar, ansioso sobre o que pode ter que fazer, mas ainda carregado de energia de sua sessão de treinamento noturno.

Espiando através dos ossos empilhados, ele mal consegue distinguir uma figura.

— A Rainha de Armadura! Deve ser ela! — Quint grita. Ele prende a mão em torno de um osso, aproximadamente do tamanho do fêmur de um T-Rex, e puxa.

> Quint, meu jovem e ansioso conjurador. Essa é uma das muitas provações que vai enfrentar.
>
> Mas eu sugiro que enfrente este imediatamente. Enfrentar as provações rapidamente é uma parte importante do seu treinamento! Agora, vá em frente, conjure esses ossos de lado e vá abrindo a porta! Use o que você aprendeu ontem à noite.

> Argh, esses ossos são pesados, não consigo movê-los.

As emoções dentro de Quint mudam de conflitantes para absoluta e totalmente conflitantes. Quint sente que está prestes a entrar em combustão espontânea ao considerar o conselho de Galamelon.

Por fim, Quint solta o aperto nos ossos.

— Bom, o problema é o seguinte: —Quint diz rapidamente — o encantamento que estudei foi *Kinetic Volley*.

— Então manda o *Kinetic Volley*, cara!

Quint balança a cabeça negativamente.

— Bem que eu queria, mas se não o fizer com perfeita precisão, posso aniquilar toda a jaula, incluindo a rainha!

— Entendi o problema — Galamelon concorda com a cabeça.

A voz de Quint está apertada quando ele diz:

— Galamelon, eu... acho que prefiro que você lide com isso.

Galamelon engole em seco, então olha ao redor da masmorra. Ele observa o corredor, de onde eles vieram, depois o banheiro, a bilheteria, uma saída de emergência e, então, de volta para Quint.

— Ei. Ei. Ei! Chega dessa, cara! — Galamelon pede. — Isso vai contra todos os meus instintos como seu mentor, mas vou permitir que você evite essa tarefa.

Quint dá um suspiro de alívio, então rapidamente tenta cobrir o som com uma tosse falsa.

— Obrigado — Quint diz, suavemente.

— Deixa comigo! Agora, a primeira coisa que vou precisar é disso — Galameon diz, dando um tapinha no cajado de Quint.

— Normalmente, eu me contentaria com meus velhos dedos mágicos, mas essa conjuração exige entusiasmo.

Quint entrega seu cajado para Galamelon e... Galamelon o deixa cair.

— Ah. Mais pesado do que eu me lembrava. É, mais pesado do que os cajados mágicos da minha dimensão, quero dizer.

Galamelon mexe em um botão, vira uma chave seletora para cima, para baixo, para cima de novo, para baixo novamente, para uma boa medida, então finalmente decide que prefere para cima.

— Agora, os exercícios de preparação — Galamelon diz, começando um alongamento.

— Está tudo bem, Galamelon? Nós temos um pouco de pressa.

— Tudo bem, claro. Só tô aquecendo.

KRIK

KRAK

— E... pronto. Aquecido. Vamos nessa!

Com isso, Galamelon aponta o cajado para os ossos que bloqueiam a porta da gaiola. Uma grande gota de suor escorre de sua sobrancelha e cai em seu bigode.

Ele começa a proferir uma série de palavras de outras dimensões que, aos ouvidos de Quint, soam como encantamentos de nível avançado; mas, na verdade, pode ser traduzido como "Você consegue, Big G. Ossos bloqueando a entrada, preparem-se para conhecer seu criador, *AGORA* mesmo!

Galamelon puxa o gatilho do cajado com tanta força que quase o parte em dois. Incontáveis gigawatts de energia saem da bateria subindo pelo comprimento do cajado!

— Oops — Galamelon sussurra, quando...

BZZZ-ZAP!

Energia selvagem e não direcionada explode do cajado enchendo a sala com uma luz branca ofuscante!

— Não consigo ver! — Quint grita, erguendo as mãos para proteger seus olhos.

— Ah, bom! — Galamelon grita de volta. — Eu estava com medo de que fosse só eu!

Cegados, nem Quint nem Galamelon veem o fluxo veloz de eletricidade errar completamente os ossos e a gaiola e, em vez disso, bater em um disjuntor próximo. Há um repentino som elétrico quando um gerador de backup é ligado, restaurando a energia em todos os níveis do Palácio do Rei Gambá, incluindo o Teatro com Pizza...

ENQUANTO ISSO, NO TEATRO COM PIZZA:

Dirk e Kimmy estão atravessando a porta de acesso ao telhado quando uma voz retumbante de repente preenche a sala...

— *Bem-vindo ao Teatro com Pizza do Rei Gambá! Bata palmas se estiver pronto para o show!*

Dezenas de holofotes no teto acendem, banhando o palco em luz verde e laranja. A música entra em erupção: uma melodia estridente, parecida com um Carnaval. Há um estrondo alto e o palácio estremece enquanto o palco começa a girar lentamente.

Uma dúzia de figuras animatrônicas aparecem. Elas se parecem com membros da grande família do Rei Gambá: um bando de roedores mecânicos com olhos grandes e sem vida e pele suja e emaranhada.

— Quem ligou a energia? — Dirk exclama.

— Aposto que foram *eles*! — Kimmy exclama, batendo palmas alegremente. — Eles adoram dançar e cantar tanto que ganharam vida!

Dirk faz uma careta.

— Pssht, tá bom — Kimmy diz. — Seu amigo tem um cajado mágico, mas eu que sou louca por pensar que animais robôs podem ganhar vida usando apenas o poder do amor?

Os bicos e bocas dos personagens se abrem quando eles começam a cantar...

> Bem-vindos ao Teatro com Pizza, onde os sonhos se realizam.

> Gosta de pizza? Gosta de teatro? Temos os dois pra você!

De repente, o teatro estremece. Poeira voa, e pedaços do teto caem no chão.

— Ah, não — Dirk fala. — Acho que toda essa cantoria e o giro do palco acordaram o Drakkor...

Kimmy diz:

— Droga, lá se vai sua chance de um grande e corajoso assassinato adormecido.

— Não chame isso de assassinato adormecido!

O palco está girando mais rápido agora, e a voz do alto-falante ressoa novamente:

— *E aqui vem a corte real do Rei Gambá! Esquilo Esguio, Eddie Espaguete, Frankie, o Furão Feio e todos os seus amigos animais!*

— Ahhh, uma plataforma está subindo de debaixo do palco — Kimmy exclama. — Demais!

— Não é demais — Dirk fala, observando três personagens fantasiados aparecerem. — Esses caras não parecem animatrônicos. Olhe para esses trajes enormes e inchados: é como a Disney; mas, tipo, a versão pirata das fantasias.

— Talvez a gente vá assistir ao famoso Bardo de Guitarra do Oeste Selvagem Quase Nu! — Kimmy afirma.

Por uma fração de segundo, Dirk pensa que está prestes a enfrentar os primeiros humanos reais que viu desde o início do apocalipse monstro-zumbi, sem contar seus amigos ou Evie Snark.

Mas então ele vê que seus trajes inchados estão rasgados e salpicados com sangue de monstro. Os topos e cabeças de seus trajes se inclinam, balançam e finalmente caem, revelando os rostos por baixo: sujos e apodrecidos com olhos famintos por carne.

Eles não são humanos. Não mais.

— Zumbis... — Dirk fala. — Estranhos zumbis do Teatro com Pizza.

MURGHH!

Os zumbis atacam de uma só vez! Kimmy pega um pedestal de microfone na beirada do palco, gira duas vezes e ataca com ele!

Odeio teatro interativo!

Com zumbis, né?

— Não bata muito neles! — Kimmy grita enquanto gira para bater a base do microfone no peito de Frankie, o Furão. — Nós devemos seguir o Código do Matador de Blarg!

Dirk revira os olhos. Jack idiota...

RRRR-RIP!

O olhar de Dirk dispara para cima: o teto está sendo rasgado, aberto como uma lata de sardinha.

— O Drakkor! — Kimmy grita quando uma garra em forma de lâmina rasga o teto completamente, inundando o teatro com a luz do dia.

Dirk recua, protegendo o Babão, enquanto o Drakkor mergulha pela abertura!

CRASH!

A força do Drakkor batendo no palco giratório parece quase nuclear. Pedaços de ossos e carcaças de monstros meio comidos caem com ele, como uma chuva de granizo de carne podre.

Por um momento, parece que todo o palácio pode desmoronar.

Uma torrente de pavor percorre Dirk quando ele vê o Drakkor, de perto, pela primeira vez.

O Drakkor!
~O Monstro Grande e Mau~

Caudas longas e pontiagudas. Olhe, mas não toque.

Ruína certa!

Armadura de escamas.

ATRIBUTOS:

Inteligência: 0

Fúria: MÁXIMA

Contagem de espinhos: INCONCLUSIVA!

Kimmy! Esse Drakkor é ENORME! Bem maior do que você disse!

Eu tava chutestimando!

ENQUANTO ISSO, NO CALABOUÇO DO BEISEBOL:

A conjuração de Galamelon foi algo GRANDE, muito maior do que Quint esperava. Ele tira as mãos dos olhos e pisca. O alívio o inunda: pontos brilhantes preenchem sua visão, mas ela está retornando.

Ele vê tudo tremendo, como se o palácio fosse um navio apanhado na tempestade do século. A gaiola treme, os ossos chacoalham e então... *CRASH!*

Os ossos do tamanho de costelas do desenho dos *Flintstones* que estão bloqueando a porta da jaula caem no chão.

— Você conseguiu! — Quint aplaude.

— EU CONSEGUI? — Galamelon grita, incapaz de ouvir claramente por causa dos sons altos que agora ecoam pela sala: bolas de beisebol sendo lançadas de máquinas de arremesso recém-ligadas.

Galamelon olha para o cajado, para a gaiola, e depois para o cajado novamente.

— Quero dizer... sim, consegui! A conjuração está completa...

Mas antes que eles possam comemorar:

— A LIBERDADE É MINHA!

A rainha sai da jaula de rebatidas! Em um instante, suas mãos encontram a garganta de Galamelon.

— AAAII — Galamelon grita. — AS MÃOS DELA SÃO PEQUENAS, MAS APERTADAS!

A Rainha de Armadura é um borrão rápido de poeira, mas Quint consegue distinguir alguns detalhes: um rabo grosso, brincos de osso, cabelo espetado. E ele já ouviu aquela voz rouca antes.

Logo em seguida, ele percebe: ele conhece a Rainha de Armadura. E a conhece muito, muito bem...

Apresentando... **Skaelka, a Rainha de Armadura!**

Armadura... não parece familiar?

Mão (que deveria segurar um machado).

TEM SORTE DE EU NÃO ESTAR COM MEU MACHADO, MONSTRO ESTRANHO! SE ESTIVESSE, SUA VIDA JÁ TERIA ACABADO!

Nada de machados?

ATRIBUTOS:

Amor por machados: Infinito

Felicidade: -9, pela perda do machado

Tristeza: +9, pela perda do machado

Durabilidade: +74, graças à armadura descolada

Linhagem real: ZERO

E AO MESMO TEMPO...

Eu queria muito que a Rainha de Armadura estivesse aqui! Sem ela, nossas vidas estão perdidas!

Capítulo Onze

No Teatro com Pizza, agora sem teto, os raios de sol banham o Drakkor com uma luz quente. O monstro brilha como uma criatura das profundezas do oceano, com o laranja emoldurando seu corpo em uma auréola.

— KIMMY! — Dirk ruge. — O Drakkor é muito MAIOR que só GRANDE. Não foi para isso que nos inscrevemos!

— É apenas o ângulo, que o faz parecer grande. É tudo perspectiva.

— ELE TÁ LOGO ALI!

— OK, sim, é verdade, ele é enorme — Kimmy admite.

— Mas vocês queriam o mapa místico legal, e mapas místicos legais não são baratos!

De repente, uma garra enorme brilha quando o Drakkor bate em Edu Tatu, lançando a criatura em direção a Dirk como um meteoro faiscante.

E logo em seguida as garras do Drakkor atacam novamente! Choque de címbalos, batidas de tambor e mais animais animatrônicos, a "banda real dos roedores do rock and roll" do rei são enviados em espiral em direção a Kimmy.

— Cuidado! — Dirk grita, brandindo sua espada para o tatu que avança voando. Mas rápido como um relâmpago, Kimmy se move e...

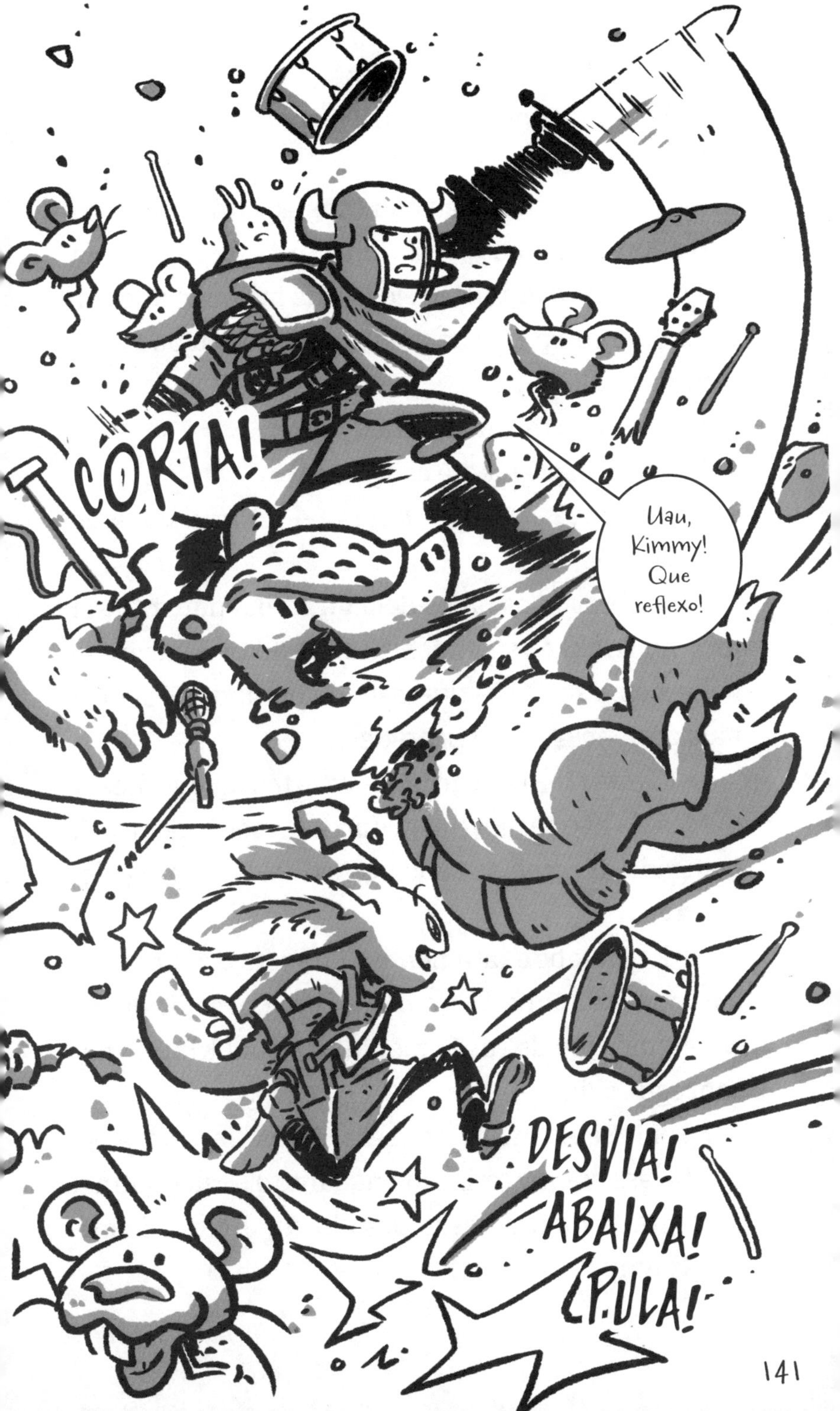
CORTA!
Uau, Kimmy! Que reflexo!
DESVIA!
ABAIXA!
PULA!

Babão fala *meep* duas vezes.

— Eu sei, campeão... — Dirk responde. — Ela é ridiculamente rápida.

— Manipulação... e eu não consigo enfatizar isso o suficiente... da mente! — Kimmy grita de volta. — Eu sei para onde o grandão feioso está mirando antes de atacar. Eu entro em sua mente para que eu possa ver o que ele... ah, não...

Kimmy não termina a frase.

Ela está subitamente congelada.

— Kimmy! — Dirk chama. — O que você está fazendo?

Dirk observa os olhos dela girarem enquanto seu foco no Drakkor se intensifica; Drakkor a encara de volta, como se eles estivessem disputando as semifinais do concurso de encaradas.

— KIMMY! — Dirk grita. — Você tem que se mexer!

Mas ela não se move nem um centímetro, nem meia polegada. É como se seus pés estivessem pregados ao chão.

Dirk não sabe exatamente o que está acontecendo, mas pode adivinhar: Kimmy e o Drakkor estão presos em algum tipo de fusão mental, da qual Kimmy não consegue sair.

É como se ela estivesse presa. Presa em um transe.

Dirk assiste, horrorizado, enquanto o Drakkor range os dentes e dá um passo pesado em direção à imóvel Kimmy...

ENQUANTO ISSO, NO CALABOUÇO DO BEISEBOL:

Quint assiste, em total descrença, enquanto a Rainha de Armadura torce o pescoço de Galamelon.

— Skaelka! — ele finalmente consegue dizer. — Você é a Rainha de Armadura? Mas... você não é uma rainha!

143

— Eu não conheço nenhum Quint — Skaelka zomba.

— Claro que conhece! — Quint responde. — Você me conhece! E eu sou um Quint! E você conhece June e todos os outros monstros da Pizza do Joe... Olha, você está inclusive vestindo... espera aí... MINHA ARMADURA!?

E quando diz isso, ele percebe: nada disso faz sentido. O cérebro de Quint começa a girar.

A última vez que viu aquela armadura, estava dentro da Big Mama, muitos quilômetros e muitos dias atrás. Ele assumiu que a armadura estava perdida para sempre quando a Big Mama foi destruída dentro do Museu de História e Antiguidades.

Ele achava que nunca mais a veria e não consegue imaginar como a estava vendo agora ou como Skaelka passou a usá-la.

Galamelon de repente solta um grito estrangulado enquanto Skaelka crava suas unhas nele, e Quint é tirado de seu devaneio.

Se Quint não fizer algo rápido, Skaelka vai acabar com a vida de Galamelon. E o que fará depois?

É quando ele vê um carrinho com rodas e bolas de beisebol pela metade. Sem ter outra escolha, Quint arremessa o carrinho em direção a Skaelka.

— Galamelon, vamos sair daqui!

ENQUANTO ISSO, NO TEATRO COM PIZZA:

— Como faço para tirá-la disso? — Dirk exclama, observando Kimmy, ainda presa nos pensamentos do Drakkor.

Os olhos do Drakkor permanecem fixos nos de Kimmy, usando seu poder a seu favor. Seus pés enormes e com garras perfuram o chão do palco enquanto ele se prepara para se lançar, mas então...

— BABÃO, SE SEGURE! — Dirk balbucia quando se joga, derrubando Kimmy no chão.

As pupilas de Kimmy se transformam e a cor rosa em seus olhos desaparece.

— O quê...? Onde...? — Kimmy murmura, com a mente toda embaralhada. Então ela vê o Drakkor próximo e se lembra. — Ah, certo. Morte iminente.

Em um piscar de olhos, Kimmy está de pé e puxa Dirk também.

O palco gira novamente, agora mais rápido, e o Drakkor luta para descer. Suas presas estalam enquanto suas garras atacam Dirk.

— Muito devagar! — Dirk diz, pulando para trás, para fora do alcance, então correndo para frente quando o palco traz a cauda do monstro para uma distância próxima.

Então...

— Não tenho certeza se estou feliz... — Kimmy diz enquanto o Drakkor solta outro rugido ensurdecedor.

Nesse momento, mais zumbis fantasiados aparecem! Cambaleando pelo palco estão um astronauta-zumbi, um cachorro-quente-zumbi e uma lata de refrigerante-zumbi!

— Por que esse show tem tantos personagens? — Dirk pergunta. — E qual era mesmo o enredo?

— Lady Mouse e Sir Pizza lutam contra as estrelas, tenho certeza de que é isso — Kimmy fala.

O palco está girando cada vez mais rápido, como um gira-gira fora de controle. Dirk pode ver o que está por vir: a força centrífuga está prestes a lançar os zumbis para fora do palco.

— Esta é uma batalha invencível! — Kimmy grita, quando...

Não li não precisa ser telepata pra saber que DEVEMOS FUGIR!

Batalha invencível, claro. Eu tava pensando o mesmo. Ei! Já falei, PARE DE LER A MINHA MENTE!

Os zumbis aterrissam com força, batendo nas mesas, nas cadeiras e caindo pelo teatro. Mas eles rapidamente ficam de pé, então avançam na direção de Dirk e Kimmy, com os braços levantados.

— Babão, é a sua hora de brilhar — Dirk fala, então gira sua lâmina em um amplo arco, banhando os zumbis em ultragosma.

Com os zumbis momentaneamente cegos, Kimmy e Dirk correm a todo vapor para a cozinha do Teatro com Pizza. Eles ignoram as manchas de gordura questionáveis e as chapas nunca lavadas enquanto correm em direção à porta de serviço, descem uma escada nos fundos e finalmente chegam a um corredor.

— Acho que escapamos do Drakkor — Dirk fala.
— Por enquanto...

Kimmy para, coloca as mãos nos joelhos nodosos e tenta recuperar o fôlego.

— Isso nunca aconteceu comigo antes — ela diz. — Eu estava dentro da mente do Drakkor, mas fiquei presa. Vi memórias lá, e não eram fofas. O Drakkor estava em algum tipo de fortaleza, governando-a como um chefão. Veja:

Kimmy então projeta uma imagem do que viu.

— Podemos falar disso depois — Dirk ruge. — Agora, temos que achar o Quint!

ENQUANTO ISSO, NO CALABOUÇO DO BEISEBOL:

Quint está observando o carrinho deslizar pelo chão liso de concreto e...

BAM!

O carrinho bate na dupla que estava se engalfinhando! Skaelka é jogada de lado e Galamelon para cima e para dentro do carrinho. Galamelon olha ao redor freneticamente, como um esquilo espiando de dentro de um buraco.

— Tenho que sair daqui, tenho que sair daqui...

— Não, Galamelon! — Quint grita do outro lado da masmorra. — Você tem que sair do carrinho!

Quint é interrompido quando Skaelka pega uma garra de monstro, há muito separada de seu corpo, do chão da gaiola de rebatidas. Ela a levanta alto, como se fosse um machado.

— Ah! Skaelka adquiriu uma nova arma: o Machado de Braço!

— Esqueça o que falei. Fique no carrinho! — Quint grita. — Estou indo — ele o alcança, empurrando o carrinho em direção à única saída clara que consegue ver: uma porta além das gaiolas de rebatidas.

Atrás deles, Skaelka os está perseguindo e sacudindo seu recém-descoberto Machado de Braço.

Quint bate o carrinho nas portas e elas se abrem, revelando outro corredor sinuoso que, ele teme, só os levará mais fundo no covil do Drakkor.

VOU DECAPITAR VOCÊS DOIS, E DEPOIS DESFRUTAR DE UMA TARDE DESCONTRAÍDA TROCANDO CABEÇAS DE CORPOS!
Disse que conhece ela?
Ah, sim, somos bem próximos.

Capítulo Doze

Quint bate em Dirk, e o carrinho tomba, jogando Galamelon no chão!

— Dirk! — Quint suspira. — Você também está correndo? Por que você está correndo também?

— O Drakkor — Dirk grita. — Ele é um hulk!

— Deixamos ele lá no Teatro com Pizza — Kimmy conta. — Mas pode estar em qualquer lugar. Este é o covil dele!

— Ugh, vocês ainda não o mataram? Como assim... — Galamelon fala, gemendo.

— Fique feliz por não matarmos você, seu vigarista! — Kimmy estoura.

— Espera aí... — Dirk percebe. — Do que vocês estão fugindo?

— DELA! — Quint grita, enquanto Skaelka aparece na esquina do corredor...

MAIS CRIATURAS PRA TESTAR MEU MACHADO DE BRAÇO. DIVERSÃO EM DOBRO!

Ei, encontraram a Rainha de Armadura. Ei, espera aí, é nossa armadura! Ei, mas é nossa Skaelka! Espera aí... a rainha é Skaelka?

— Eu não sou Skaelka de ninguém, garoto estranho! — Skaelka ruge.

— Então, Dirk, sobre isso? Ela é apenas meio-Skaelka... — Quint começa a dizer, agarrando Dirk e puxando. — Você vai ver. Por enquanto... CORRA!

Quint, Dirk, Galamelon e Kimmy correm por um corredor sinuoso após o outro, tentando desesperadamente ficar um passo à frente de Skaelka enquanto também procuram uma saída.

— Skaelka, o que você está fazendo? — Dirk grita por cima do ombro. — Somos amigos!

Kimmy exclama:

— Vocês são amigos da Rainha de Armadura? E do Matador do Blarg?

Isso é que é ter amigos importantes! Quando tudo isso acabar, precisamos nos encontrar mais! Tipo, o tempo todo! Estou livre na maioria das quartas-feiras.

De repente, o fim do corredor explode em uma detonação de plástico e concreto quando...

SMASH!

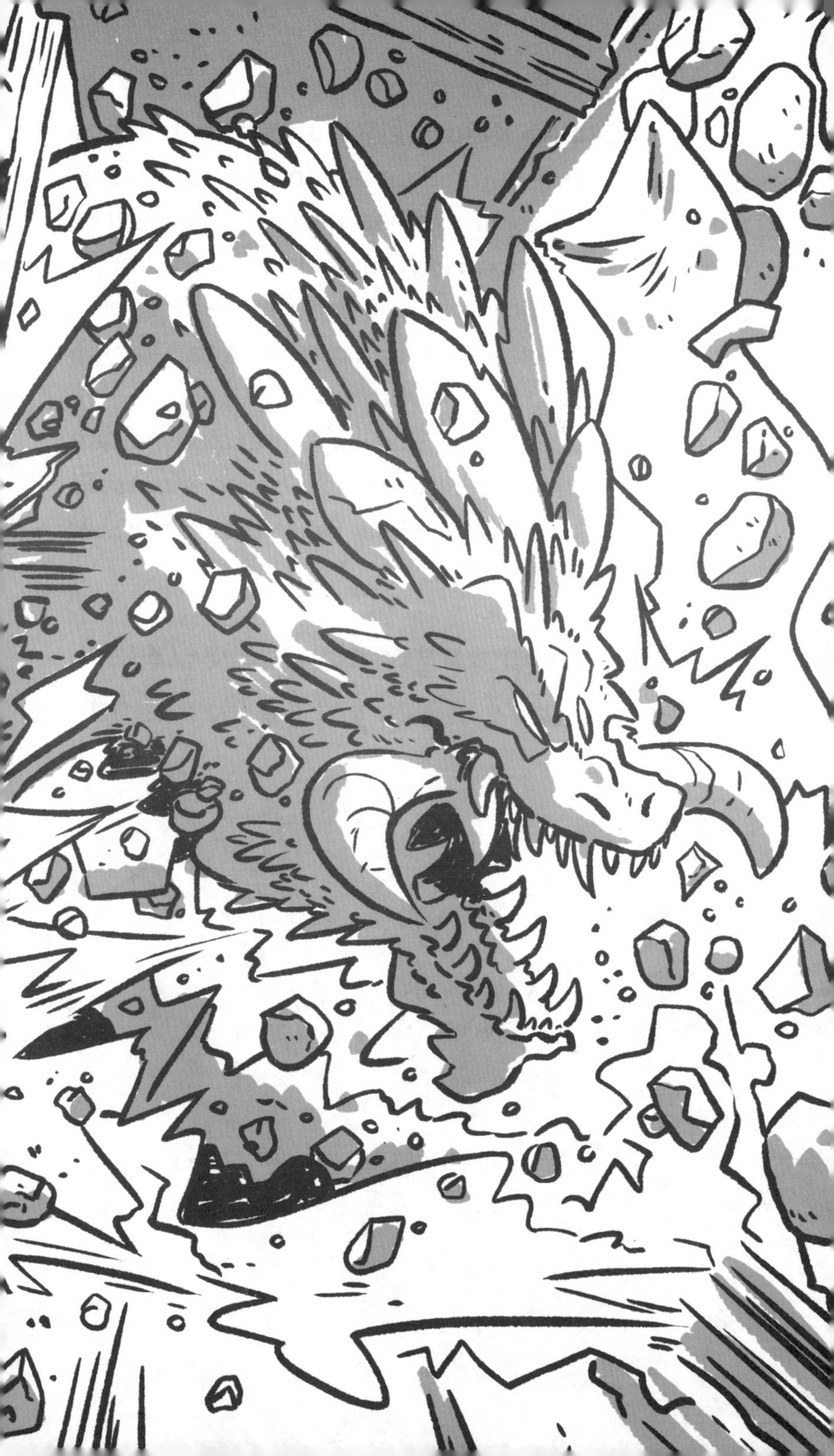

— Drakkor! — Kimmy grita, e ao mesmo tempo todo mundo está tentando, e falhando, parar bruscamente. Seus pés escorregam na gosma de óleo preta e escorregadia... Dirk cai em Galamelon, Galamelon cai na frente de Quint, Quint vira por cima de todos eles.

Apenas Skaelka evita uma queda, saltando agilmente sobre as costas dos heróis.

— Você aí, Drakkor! — Skaelka ruge enquanto ataca o focinho do Drakkor, desencadeando uma enxurrada de golpes de machado! — Skaelka tem muito prazer em infligir dor a você!

Mas mesmo a grande guerreira Skaelka não é páreo para o Drakkor!

Uma energia gelada começa a irradiar do Drakkor. Uma estranha luz roxa, como uma estranha chama congelada, pisca dentro dele.

— Ops! Eu já vi isso antes — Kimmy fala —, e não vamos gostar do que acontece a seguir.

E seja lá o que for, pensa Quint, *não posso deixar Skaelka ocupar um lugar na primeira fila.*

Ele avança, puxando-a pela armadura.

— Skaelka, ele vai destruir você! — Quint grita, puxando-a para longe do Drakkor.

— Quem ousa... — Skaelka grita, enquanto cai para trás.

A energia roxa brilhante dentro do Drakkor aumenta, brilhando cada vez mais.

— Quint, a conjuração em que você trabalhou a noite toda! — Galamelon diz, abrindo o livro desajeitadamente e folheando uma página dobrada. — *Kinetic Volley. Faça agora.*

Quint encontra o olhar de Galamelon e força um aceno de cabeça.

— Tudo bem — ele fala, embora soe completamente em dúvida de qualquer coisa. Ele planta seus pés e segura o cajado de conjurador em suas mãos.

O corpo inteiro de Quint está tremendo: o medo pela vida de seus amigos, e pela sua própria, é quase dominante.

Lembre-se, Quint, ele sussurra para si mesmo, *use apenas a energia necessária. Você não quer outro teletransporte acidental.*

Ele aciona uma alavanca na base de seu cajado e um zumbido lamuriento soa.

O cheiro de eletricidade, como uma velha pista de autorama, enche o ar.

Ele segura o microfone perto da boca, como um garoto nervoso prestes a cantar sua primeira música no show de talentos da escola. Mas este verso tem simplesmente duas palavras: *Kinetic Volley*.

Ele repete as palavras em sua cabeça, como um mantra. Deveria ajudá-lo a visualizar a conjuração e o foco. Mas, em vez disso, enquanto ele repete as palavras, uma imagem terrível se manifesta em sua mente: ele e Dirk sendo teletransportados, quase mortos.

Ele tenta afastar aquela imagem horrível da sua cabeça, mas ela ainda está lá quando o corpo do Drakkor irradia vermelho e Quint percebe que não pode esperar mais para realizar a conjuração.

E aquela imagem horrível e aquele medo horrível, ainda frescos em sua mente, fazem o dedo de Quint tremer quando ele puxa o gatilho e...

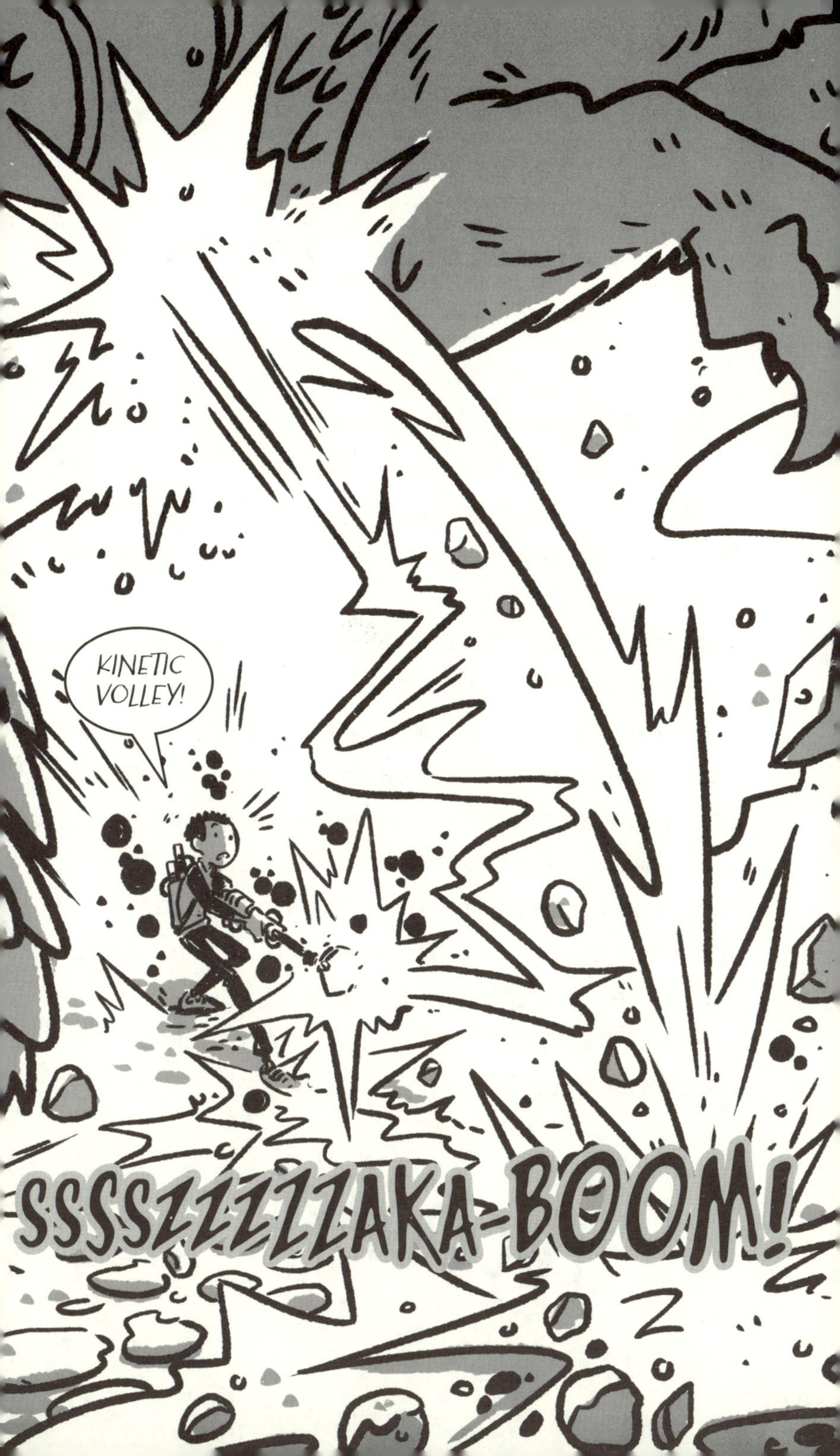
KINETIC VOLLEY!
SSSSZZZZZZAKA-BOOM!

Capítulo Treze

De repente, eles estão caindo.

O encantamento de Quint criou uma coluna de energia em chamas para cima e para baixo, evaporando tudo acima e abaixo, incluindo o chão sob seus pés, *e* o chão abaixo *disso*.

Mas, mesmo enquanto cai, Quint olha para cima.

Acima dele, ele vê as consequências de sua conjuração: o raio atingiu o Drakkor, e o monstro está uivando, cambaleando para trás, com uma gosma preta de óleo espirrando de um ferimento recente em seu peito.

E, abaixo deles, Quint vê bichos de pelúcia. *Milhares* deles parecem estar subindo com a velocidade de um foguete enquanto os heróis mergulham no último buraco recém-explodido.

— SE PREPAREM! — Dirk grita, agarrando o Babão com força, quando...

FWOOOMP!

— Acredito que caímos até o porão — Quint diz, apertando os olhos. — Pelo jeito eles guardam as mercadorias aqui.

Eles não conseguem ver muito além do pico da montanha de pelúcias e tudo em volta disso está envolto em sombras.

— Muito bom, Quint! Salvou nossas extremidades traseiras, sim! — Galamelon comemora. — Você usou seus poderes de conjuração no momento de necessidade e me salvou!

Dirk e Kimmy lançam um olhar bravo para Galamelon.

— Quero dizer: nos salvou! — Galamelon diz, afundando na pilha de pelúcias e se aconchegando. — Ah, minha orientação está indo maravilhosamente. Eu deveria abrir uma escola depois disso. Toda uma franquia de escolas! E pendurar grandes pinturas minhas nos corredores!

Quint evita o olhar dos amigos.

— Tivemos sorte. Eu estava tentando realizar uma conjuração do *Kinetic Dynamo* nível dois. Isso foi tipo nível cinco! Temos sorte de estarmos vivos.

Relaxa, cara. Você tá detonando! E tenho certeza de que você vaporizou a rainha bizarra. Toca aqui! Alguém toca aqui?

Como... quê? Vaporizei? Eu... vaporizei Skaelka?

Todos olham ao redor. Galamelon está certo: Skaelka não está em lugar algum. Dirk levanta um grande tatu de pelúcia, procura embaixo e engole em seco. Babão solta um *meep* triste.

— Você com certeza fez isso! — Galamelon diz, novamente levantando a mão para um cumprimento. — Grande vaporização!

— NÃO — Dirk insiste, lançando um olhar duro para Galamelon. — Quint, você não vaporizou Skaelka, só abriu um monte de buracos no prédio.

— Mas se você vaporizou ela — Kimmy diz. — Eu aposto que você pelo menos a vaporizou em um pedaço.

— Não é assim que a vaporização funciona! — Quint fala. — Se ela foi vaporizada, ela virou... vapor! Partículas. Bilhões de...

— Rápido, Quint! — Dirk grita. — Ligue sua lanterna! Temos que encontrar uma saída daqui antes que ela nos corte!

— Não. De jeito nenhum — Quint responde. — Absolutamente não.

Apesar de Skaelka gritar para eles, Quint não se move.

— A lanterna está presa ao meu cajado de conjurador e nunca mais vou usar o cajado. Galamelon, daqui em diante... — Quint solta um suspiro pesado. — Acho que seria melhor se *você* lidasse com toda a conjuração.

Galamelon solta uma gargalhada nervosa.

— Oh, estou lisonjeado, mas eu não poderia...

ARRRANHA!

Todo mundo congela, até Skaelka.

— Vocês todos ouviram isso, certo? — Kimmy sussurra. — O som bizarro que soava como garras afiadas cortando aço frio?

CREEEAK!

— Parece aula de picar — Dirk diz suavemente. — Algo como metal sendo torcido.

Eles analisam a escuridão, prendendo a respiração. Lentamente, uma fresta de luz aparece.

— Eu acho que a luz está vindo de uma porta — Quint sussurra. — Uma porta que dá para a rua.

— E, pelo que parece, *algo* está tentando *entrar* — Dirk completa.

Há outro arranhão, outro rangido, e então um estrondoso *CRUNCH*! A porta está sendo dobrada, amassada e puxada por algo ou alguma coisa que está do outro lado.

— Preparem-se — Dirk pede, pegando sua espada. — Isso inclui você, Babão.

Babão bravamente manda um *meep* em resposta.

A porta se abre mais um pouco, empurrando a montanha e fazendo com que todos afundem alguns centímetros.

— Aposto que são bandidos — Galamelon fala. — Ou trolls. Não, trolls bandidos. Quem quer apostar? Se forem trolls bandidos, eu ganho. Se for qualquer outra coisa, você ganha. Então, podem chutar qualquer coisa: burros raivosos, peixes sapateadores, pode até ser...

— CAROL! — Kimmy exclama.

A porta se abre ainda mais, revelando a jovem carapaça.

— Deixa pra lá, sem aposta, vocês demoraram demais — Galamelon diz rapidamente.

As garras de Carol terminam de erguer a porta de suas dobradiças, e a porta se abre completamente.

De repente, a montanha de pelúcias é afrouxada, causando uma onda bichinhos de pelúcia que leva os heróis para fora do porão, descendo uma rampa de carregamento, em direção à luz do dia...

FUGA DO PALÁCIO!

— Estamos livres! — Galamelon comemora. — Ele cambaleia pra fora do mar de brinquedos de pelúcia. — Isso! Adeus, castelo da pizza terrível! Adeus, Drakkor!

— DÊ ADEUS À SUA CABEÇA, ENGRAÇADINHO! — Skaelka ruge, saltando da pilha, sacudindo e balançando seu Machado de Braço, até que...

Carol gentilmente abaixa Skaelka, mas sem soltá-la do abraço apertado da camisa de força.

— E sou eu — Kimmy fala, virando-se para encarar Skaelka. — Lembra? Contratei você para lutar contra o Drakkor, em Fleeghaven. Sou sua amiga.

Skaelka olha Kimmy de cima a baixo. Depois de um longo momento, ela diz:

— Sim. Você é conhecida por mim, Kimbertron. Mas não esse bando nada heroico.

— Para, espere aí um minuto — Dirk fala. — Kimmy é diminutivo de Kimbertron?

As orelhas de Kimmy giram.

— Dããããã! O que mais seria?

Quint dá um passo lento em direção a Skaelka.

— Ei, somos nós. Fizemos, tipo, um milhão de coisas juntos, amiga. Você não se lembra...

XÍCARA GIRATÓRIA!

LANÇAMENTO DE MACHADO!

— Nada disso aconteceu — Skaelka ruge. — Mais mentiras!

— Espera! — Dirk exclama, se animando ao lembrar de algo. — Posso *provar* que somos amigos. Veja!

Dirk saca sua carteira. Depois de um momento vasculhando, ele tira uma foto.

— A PROVA! — ele anuncia, estendendo para todos verem.

— Dirk, é você e o Babão — Quint diz. — Da cabine de fotos do shopping.

— Opa, rá, foto errada — Dirk diz, suas bochechas ficando rosadas. — Mas ei, já que estamos aqui vendo isso, somos os mais fofos ou o quê?

— *Meep! Meep-meep!* — O babão gorjeia.

— Enfim... — Dirk murmura enquanto mais uma vez vasculha sua carteira. Então, OK, vamos lá. PROVA! NOVAMENTE! De verdade desta vez.

Todo mundo se inclina para ver.

— Olhe — Dirk mostra. — Somos nós, Skaelka, lá em Wakefield. E é você, amiga, bem no meio, fazendo um sinal de paz. E, olha, o Rover! E quanto ao Rover...

— Eu nunca faria um 'sinal de paz'! — Skaelka rosna, silenciando Dirk. — Skaelka detesta a paz com cada fibra de seu ser. Aquilo é Photoshop!

Quint dá um passo cuidadoso em direção a Skaelka.

— Posso provar, sem sombra de dúvida, que você nos conhece. Olha aqui...

Lentamente, e só porque Carol ainda tem Skaelka em um abraço apertado, Quint levanta sua armadura de ombro.

— Olha — ele diz, inclinando-se. — Está vendo aquele logotipo?

Eu criei isto!

— Embora seja um mistério o como você conseguiu essa armadura — Quint diz.

Skaelka olha para o logotipo por um longo tempo, depois para Quint. Por fim, ela diz:

— Esta armadura salvou minha vida quando duelei com o Drakkor. Se você realmente a construiu...

Ela não termina a frase, mas acena com a cabeça uma vez. Não é bem a versão Skaelka de agradecimento, mas está perto. E parece indicar uma trégua temporária, o que deixa Dirk e Quint muito aliviados, porque significa que eles podem se concentrar no verdadeiro inimigo: o Drakkor.

Enquanto Carol solta Skaelka, Dirk puxa Kimmy e Quint de lado.

— Eu não entendo — Dirk fala. — Por que Skaelka não se lembra de nós?

Kimmy usa a orelha esquerda para esfregar o queixo.

— Quando ela apareceu em Fleeghaven não sabia nem seu próprio nome. Eu nunca conheci um monstro que eu não pudesse manipular o cérebro, mas eu não consigo nada no dela.

— Nada? — Quint pergunta. — Por que será?

— É como... não sei, como se houvesse um cadeado acorrentado em parte da mente dela —Kimmy explica. — E não um cadeado divertido, que você usa para proteger seu frango de borracha favorito. Uma fechadura ruim, uma espécie de selo psíquico cruel. Talvez eu pudesse abri-lo. Mas, agora, temos algo muito mais urgente...

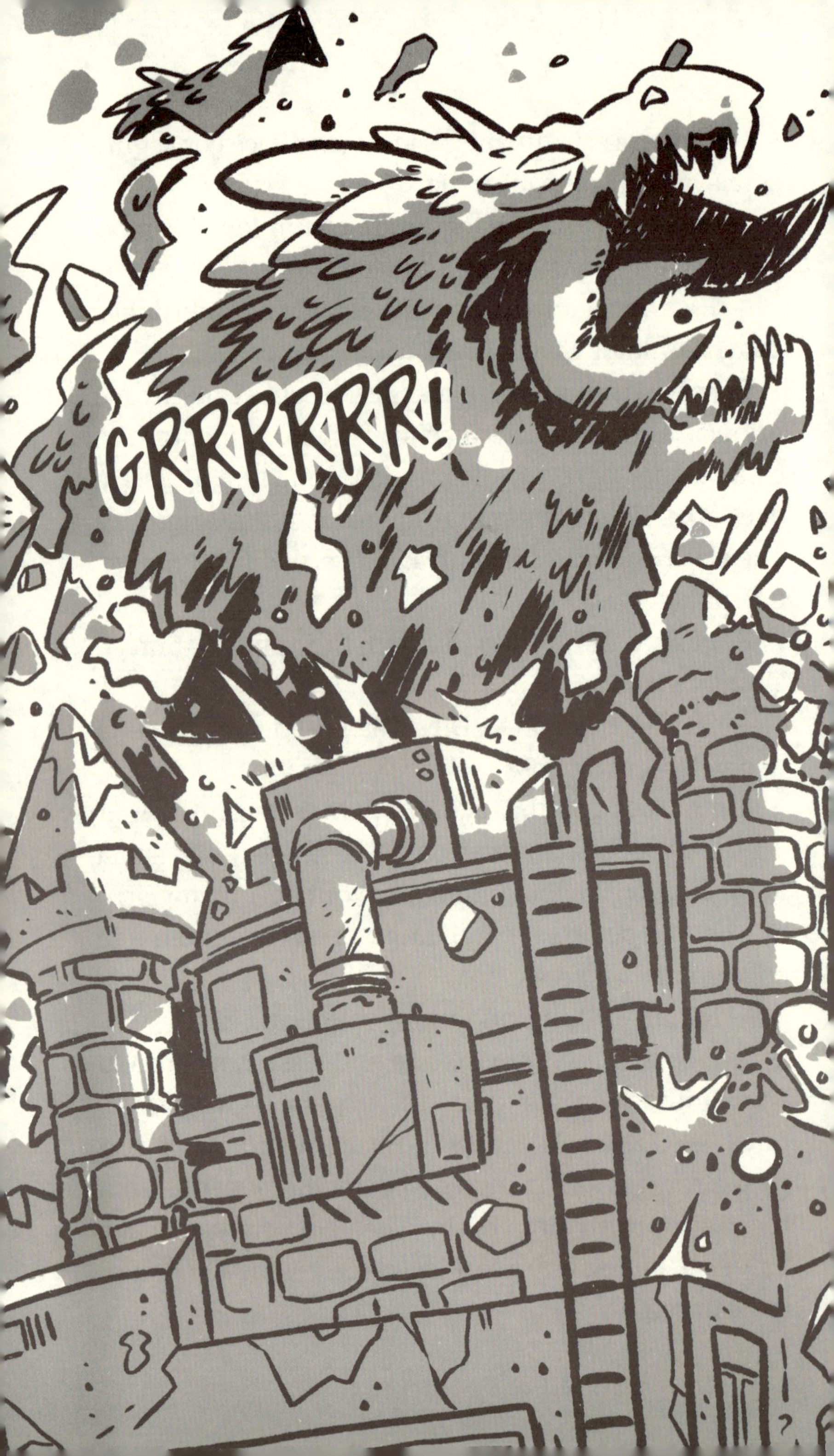
GRRRRRR!

— Bem, esse foi um bom *timming* — Kimmy fala. — Porque eu ia dizer *coisas* urgentes e essas *coisas* urgentes são o Drakkor. Não podemos correr o risco de voltar ao Palácio do Rei Gambá e reforçar isso. Fleeghaven está totalmente desprotegida.

Babão de repente faz um som de *gorp*.

— Concordo, campeão — Dirk fala. Seu rosto está duro e seus olhos estreitos. — Então devemos voltar para Fleeghaven e defender a cidade. Kimmy, nós dissemos que mataríamos o Drakkor e salvaríamos sua cidade, e com Skaelka junto, ainda podemos fazer isso.

Skaelka acena com a cabeça, batendo em seu Machado de Braço.

— Tenho negócios inacabados com aquela fera.

As orelhas de Kimmy se torcem em pensamento.

— O Drakkor só ataca quando chove, lembram? Devemos ter tempo para voltar.

Quint esfrega o queixo.

— Se todos nós subirmos na Carol, nada de caminhar de durão, Dirk, e andarmos em um caminho reto, como o corvo voa, podemos fazer isso em menos de um dia.

— Então está decidido — Dirk afirma — de volta a Fleeghaven. Sem desvios. Direto à frente como uma flecha...

REI GAMBÁ

Labirinto dos Perigos do Milho

Você vai "estourar" no maior labirinto do mundo!

500 caminhos errados e apenas um certo!

Agora com cercas e desenhos novos!

Sem caminhos retos! Muita diversão!

Lab-IN-crível!!

Mas eles dão apenas dois passos antes de verem o imponente conjunto de sinais à frente...

— Há, há — Dirk ri. — Definitivamente vamos dar a volta nisso aí.

Mas, naquele exato momento, um gemido coletivo surge; um enxame cambaleante de zumbis famintos...

— São os atores zumbificados do Teatro com Pizza — Dirk grita. — Mais deles.

— Aposto que eles trouxeram seus substitutos mortos-vivos — Kimmy diz. — Esses caras estão famintos por carne e uma chance de estrelato.

— Eu questiono se os atores do Teatro com Pizza têm substitutos... — Quint fala.

— Temos apenas uma escolha — Galamelon grita.
—ENTRAR NO LABIRINTO!

— Aahhh, não! Eu sei o que devemos fazer! — Kimmy exclama. Seu braço dispara no ar. — Me chame!

— Hã... Kimmy? — Quint chama.

— Vamos rodear o labirinto! — Kimmy diz, e seus olhos fuzilam Galamelon.

Mas é muito tarde. Galamelon está pulando no para-choque do Jipe, um pé balançando e apontando para a frente.

— Por ali, Carol! Há provavelmente KitKats do tamanho de gambás ali!

Carol decola como um tiro, tão rápido que Galamelon cai na parte de trás do Jipe. Sua bota fica presa no gancho de reboque e, de repente, ele está sendo arrastado para trás da carapaça veloz como um cano de escape estourado.

— ESQUEÇAM, CONCORDO COM A KIMMY!! ESPEREEEEEEE!

O grito de Galamelon se desvanece em silêncio. Em apenas alguns segundos, Carol contornou o primeiro muro de milho imponente e desapareceu de vista.

— Eu vou matá-lo — Dirk rosna, antes de acrescentar rapidamente: — Finja que você não ouviu isso, Babão.

Então, sem outra escolha, Quint, Dirk, Babão, Kimmy e Skaelka entram no labirinto, deixando o Palácio do Rei Gambá e os atores zumbis para trás...

Compre um lanche pro Labirinto!
Quem sabe quando você vai comer de novo?
O último banheiro que você verá. É agora ou nunca!
Por favor, não use o milharal como banheiro!
Sim, é pra você, Brayden!

Capítulo Catorze

DEZENOVE MISERÁVEIS MINUTOS DEPOIS...

Nós nos perdemos.

GALAMELON!

Carol!!

Quanto mais eles andam, mais perdidos ficam. E, quanto mais ficam perdidos, mais frustrados ficam.

— Sabe, se são quinhentos caminhos errados neste labirinto e apenas um caminho correto, então as chances de sairmos daqui são de quinhentas para uma — Quint explica. — Matemática simples.

— Eu tenho uma pergunta de matemática para você, Quint — Dirk diz, apontando para o chão. — O que é grande o suficiente para deixar uma trilha como essa?

Quint vê que o caminho sob seus pés está afundado e curvo, como uma calha gigante da pista de boliche, e com a grama toda amassada.

— Prefiro não saber — ele responde.

Skaelka, que tem sido estoica e silenciosa durante sua jornada, de repente estoura:

— Um labirinto de diversão à tarde, em família, não é páreo para mim — declara. — Skaelka se recusa a permanecer nas muitas pistas deste labirinto! Fiquem de lado, enquanto eu abro nosso caminho para escapar!

Skaelka usa seu Machado de Braço na parede de milho supercrescido e...

SCHLURP!

Fios de algum ectoplasma estranho, parecido com goma, de repente agarram seu Machado de Braço.

— QUE LOUCURA É ESSA? — Skaelka grita enquanto é arremessada para a frente e puxada contra a parede do labirinto!

SCHLLLOP!

O labirinto está engolindo a Skaelka!

— Quint, me ajude! — Dirk grita, agarrando-a imediatamente. Mas ela está sendo puxada cada vez mais para dentro da parede do labirinto. Em segundos, apenas suas pernas podem ser vistas se mexendo descontroladamente.

— Solte sua coisa-machado, Skaelka! — Dirk grita enquanto puxa o tornozelo dela.

As mãos de Quint envolvem a outra perna dela.

— No três — ele comanda, acenando para Dirk. — Um, dois...

SCHLOOP!

JORNADA DO HERÓI!

ESSE VILÃO TERRÍVEL ROUBOU A ARMA DE SKAELKA!

Skaelka bate no chão com um baque molhado, então instantaneamente se levanta, sacudindo um punho gosmento em direção ao milho. Ela tenta limpar a substância, mas é demais: todo o seu corpo está coberto pelo gel pegajoso e grudento.

Quint balança a cabeça.

— Graças a essa gosma de *ectogum* correndo pelas sebes, não podemos simplesmente escalar ou abrir caminho para fora do...

GGGRRRRRRR

Um rugido estrondoso reverbera pelos intermináveis caminhos do labirinto, enviando um arrepio pelas palhas de milho.

— O que é que foi isso?? — Dirk pergunta, girando. — Parece e soa como algo rolando...

O som fica ensurdecedor à medida que um terror invisível se aproxima. O chão ondula como se a própria terra pudesse simplesmente implodir a qualquer momento.

— É um Esmagador! — Kimmy grita, quase incapaz de se ouvir por cima do estalar dos pés de milho.

— Você sabe o que é isso que tá vindo?? — Dirk pergunta.

— Não! Apenas gosto de dar nomes divertidos às coisas. Eu chamo batatas de "caroços de tubérculo" e espero conhecer um algum dia! Mas não tanto quanto espero conhecer um Esmagador!

E, nesse momento, ela realiza seu desejo.

A sombra de um tanque rolante de uma criatura cai sobre eles. Seu corpo em forma de bola é maciço, elevando-se acima até mesmo do mais alto dos pés de milho.

Mas eles apenas vislumbram a criatura por um instante.

— Sorte que não está viajando pelo nosso caminho — Quint sussurra. — É um caminho depois do nosso.

O som trovejante desaparece enquanto o monstro passa continuando pelo labirinto.

— Que bom a coisa não pular aqui e nos esmagar ou algo assim — Kimmy fala. — Bem legalzinho.

— Vamos nos apressar — Quint pede, marchando à frente. — Evitem quaisquer caminhos com o chão esculpido, gostaria de sair daqui sem encontrar um daqueles Esmagadores cara a cara.

Mas quando eles pegam a próxima esquina, descobrem que seu caminho está bloqueado. E bloqueado por uma das mesmas criaturas que eles esperavam nunca ver de perto...

DUN- DUN- DUUNNN!

Capítulo Quinze

Os aventureiros estão em uma clareira circular no centro do labirinto, congelados em um silêncio aterrorizado.

Felizmente, porém, o Esmagador também está congelado; congelado porque está morto.

De perto, Dirk vê que seu corpo de casca dura é dividido em seções segmentadas e cintilantes. Eles o lembram do revestimento blindado que viram, semanas antes, no museu de história.

> Podem relaxar, cuidei da coisa. Foi complicado, mas quando acabei, ela morreu.

— Galamelon! — Quint grita.

— E, muito mais importante, Carol! — Kimmy exclama enquanto a jovem carapaça corre ao redor do Esmagador morto.

Quint está observando Skaelka, sua boca ligeiramente aberta e seu rosto mudando de uma expressão confusa para algo como compreensão.

— Você não matou essa fera, seu tolo — Skaelka diz a Galamelon. Sua voz é um rosnado sussurrado. — Eu matei a fera. Matei bem matado.

Quint e Dirk trocam um olhar perplexo e ansioso. Muito gentilmente, Quint diz:

— Skaelka, acho que você está confusa. Estamos juntos desde que entramos no labirinto. Como você pôde...

> É A TAMMY. MEU MACHADO. FOI ISSO QUE MATOU O MONSTRO.

QUUEACH

> Ah, bom, eu tomei conta de tudo, como falei! Fiquei de olho no monstro e ganhei um pouco de gosma em mim no processo, entããããoo, ponto para mim.

Um cheiro de maduro e podre emana do Esmagador, mas Skaelka não parece notar. Ela está virando o machado respingado de gosma em suas mãos, olhando-o de perto. Sua cauda se contorce quando ela olha do Esmagador para seu machado e para o Esmagador novamente. Ela dá um passo para trás, olhando ao redor, como se estivesse vendo tudo pela primeira vez, mas também como se não estivesse.

Quando fala, sua voz é suave, ela parece assustada.

— Não há dúvida de que fui eu quem derrubou essa criatura desconhecida. Não sei quando, mas sei que eu fiz isso.

Todos ficam em silêncio. Uma escultura imponente do Rei Gambá paira sobre eles, o que lembra Quint de sua conjuração fracassada no salão do palácio.

Babão solta um *meep* para Dirk com curiosidade, e Dirk dá de ombros.

— Desculpe, campeão, não tenho respostas para você.

— Esperem um minuto... — Quint diz, os olhos bem fechados enquanto revira essa nova informação em sua cabeça. — Isso significaria que você já esteve neste labirinto antes, Skaelka. O que significa que você passou por este labirinto antes. E poderia fazer isso de novo!

As orelhas de Kimmy se erguem eretas: esperança!

Mas Skaelka faz uma careta.

— Não me lembro! — ela solta, batendo seu machado no chão. — As memórias de Skaelka estão perdidas!

Kimmy diz:

— Se a saída estiver presa em sua memória, talvez eu consiga recuperá-la. Mas não saberei com certeza sem entrar nesse seu cérebro adorável. O que significa, bem, que eu tenho que entrar nesse seu cérebro adorável. Então...

KABRUUUM!

Nesse momento, um trovão irrompe a distância. O vento aumenta, agitando os talos de milho. Todos olham para o céu: nuvens escuras estão se reunindo.

— Uma tempestade está chegando — Dirk fala.

— Bom — Galamelon diz. — Meu cabelo fica bem legal molhado.

Kimmy olha.

— Galamelon, chuva significa outro ataque Drakkor, à minha cidade.

O corpo de Skaelka está rígido. Ela faz uma careta, como se permitir que alguém bisbilhote dentro de seu cérebro fosse uma violação que não pode permitir, então olha para baixo.

— Skaelka... — Quint diz suavemente. — Podemos descobrir outra saída, você não precisa fazer isso.

Skaelka levanta a cabeça e olha Quint nos olhos. Há algum reconhecimento lá, como se ela soubesse que já ouviu a voz dele antes, mas então sua boca se transforma em uma carranca com as mandíbulas cerradas. Para Quint, parece que Skaelka estava perto de recuperar uma memória esquecida, mas que desapareceu novamente.

Ou poderia ser outra coisa?

Quint se pergunta se talvez as memórias de Skaelka não tenham sido exatamente perdidas, mas roubadas. Ou adulteradas? Skaelka lutou em inúmeros conflitos de outras dimensões e sofreu mais danos de batalha do que qualquer guerreiro, mas ele nunca a viu tão abalada, tão derrotada.

E quem ou o que poderia fazer isso?

Uma brisa passa por eles, pela clareira, balançando a escultura do Rei Gambá. Skaelka endurece o corpo.

— Kimmy, minhas memórias são necessárias para ajudar seu povo monstro, mas também são a chave para descobrir o que foi feito comigo.

> DEVEMOS ESCAPAR DESTE LABIRINTO MISERÁVEL, E EU PRECISO DE RESPOSTAS. SE O ÚNICO JEITO DE FAZER ISSO É ENTRANDO NA MINHA MENTE, ENTÃO EU PERMITO.

> MANIPULE MINHA MENTE, KIMMY. VÁ COM TUDO.

> Vamos começar, Skaelka. Senta de frente pra mim.

— Vou precisar da ajuda de um conjurador — Kimmy fala. — Um verdadeiro conjurador, o que significa você, Quint.

Quint engole em seco.

— Tem certeza? Você tem mexido com meu cérebro e do Dirk com bastante sucesso durante toda a jornada.

— Isso é diferente — Kimmy responde. — O que estou prestes a tentar é diferente de tudo que eu já fiz antes. Preciso de você e de seu cajado de conjurador.

Quint vê o olhar de Dirk, e pensa no que Dirk certamente estava prestes a dizer mais cedo, quando mostrou a Skaelka a foto do grupo. Skaelka deixou Wakefield com Rover, mas ele não está com ela agora. O que pode significar que está perdido em algum lugar, ou algo pior...

Quint sabe que deve fazer isso, não apenas para ajudá-los a escapar do labirinto, mas para descobrir quando e onde Skaelka e Rover se separaram.

Kimmy estala a língua.

— Skaelka, Quint, é hora de começar.

Dirk percebe que esta é uma Kimmy diferente do que eles estavam acostumados. Sua voz estava mais pesada e menos animada. Ele dá três longos passos para trás.

— Você consegue, amigo!

— Quint, aproxime-se — Kimmy chama. — Coloque a ponta do cajado no espaço entre os olhos de Skaelka e os meus. A energia fluirá de duas maneiras: de mim para Skaelka e de Skaelka para mim. Você deve manter esse fluxo de energia uniforme, Quint. Equilibrado.

Quint engole um caroço gigante que estava entalado em sua garganta, respira fundo, sacode os braços e levanta o cajado.

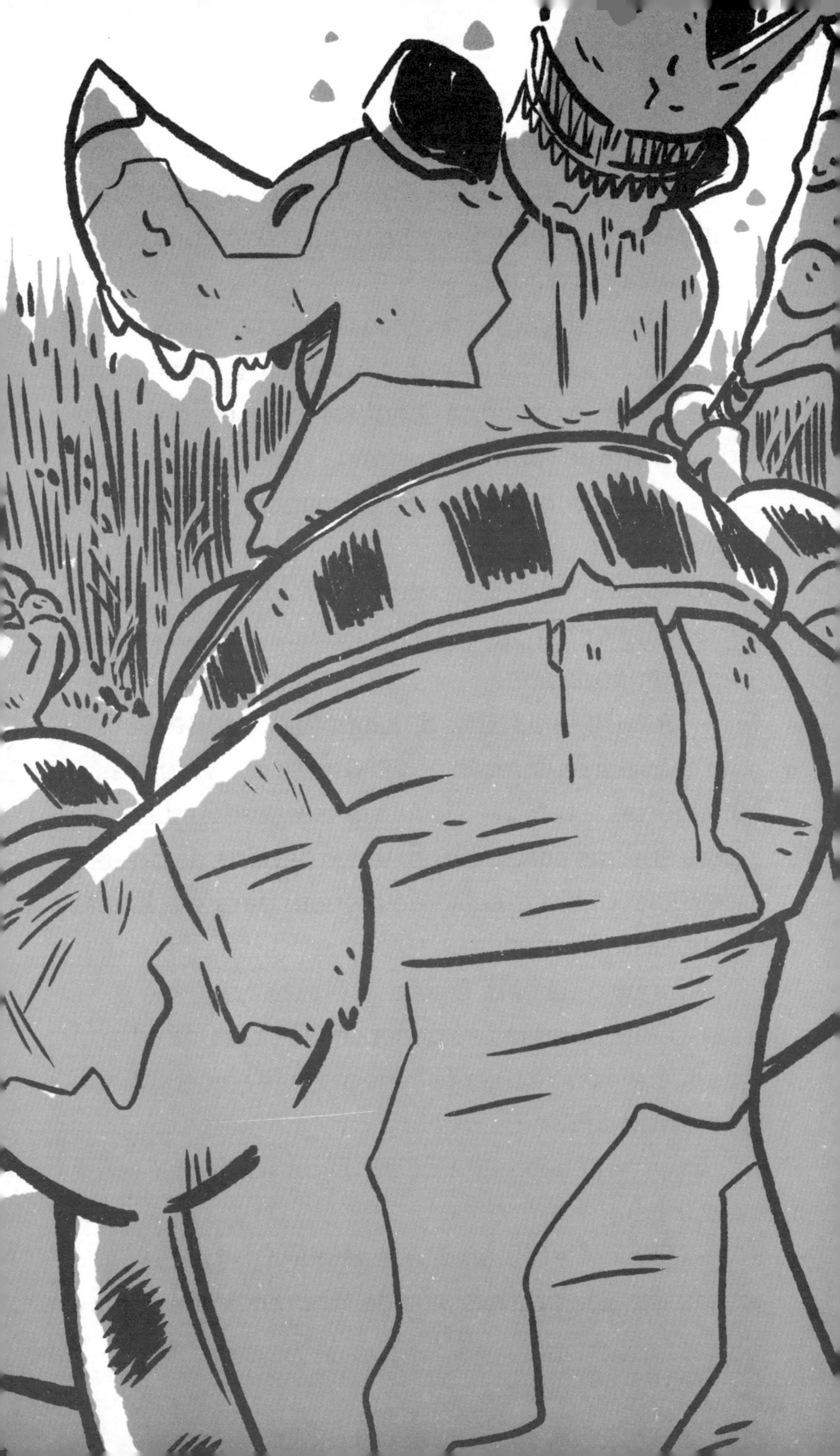

Kimmy olha fixamente para Skaelka até que suas pálpebras se fecham até a metade e seus olhos ficam nublados e rosados. O corpo de Skaelka cede quando ela entra em transe.

A manipulação do cérebro começou.

O vento assobia ao redor deles, e o ar estala.

A ponta do cajado de Quint começa a brilhar quando a mente de Kimmy se estende, conectando-se com Skaelka, procurando a porta mental pela qual ela deve entrar.

O crepitar no ar torna-se um gemido, amplificando gradualmente como uma sirene de ambulância se aproximando até...

— ARGH! — Os olhos de Kimmy se abrem e ela bate no chão em frustração. — Quaisquer que sejam essas memórias, é como se ela não quisesse se lembrar. Há uma enorme barricada em torno de parte do cérebro de Skaelka, eu preciso de alguém para me lançar sobre essa barricada.

Kimmy olha para Quint.

— Quint, aumente o poder, mas lembre-se, o fluxo de energia entre a gente deve permanecer equilibrado. Entendeu?

Quint entende, mas isso não significa que ele possa fazer isso.

— Sim — ele finalmente responde. Suas mãos estão suadas e ele enfia o cajado debaixo do braço por um momento para secá-las nas calças. Então ajusta dois mostradores e levanta o cajado novamente.

— Vou manter o equilíbrio.

— A manipulação da mente agora recomeça — Kimmy diz. Seus olhos ficam nublados quando ela entra em meio transe, procurando o caminho correto para o passado de Skaelka.

— Noventa e sete megawatts de energia agora passando pelo cajado — Quint anuncia.

— Está funcionando — Kimmy fala. — Mantenha.

E então acontece...

O momento em que Kimmy passa pela barricada é claro: uma esfera cintilante de imagens de repente irrompe em existência e a paisagem mental de Skaelka é projetada no ar.

— Uau... — Dirk sussurra.

Uma deslumbrante avalanche de pensamentos e memórias está em exibição. Mas eles estão unidos, incompreensíveis, até Kimmy começar a desembaraçá-los. É como um cubo mágico mental, e os blocos coloridos estão começando a se alinhar.

A primeira imagem clara atinge Quint com tanta força que ele quase perde o controle do cajado. Ele está olhando para Jack, Skaelka e Rover, um dia antes de partirem em sua viagem pós-apocalíptica.

> PRECISO DE COMPANHIA, JACK. ALGUÉM RÁPIDO, CORAJOSO E LEAL. UM MONSTRO BOM. JACK, CUIDAREI DE ROVER COM MINHA VIDA. PROMETO.

Rover — Dirk pensa. Precisamos descobrir o que aconteceu com Rover. Mas Dirk não fala, ele não quer distrair Quint.

Em vez disso, Dirk assiste em silêncio, atordoado, enquanto pedaços da jornada de Skaelka, a aventura paralela que ela empreendeu enquanto ele, Quint, June e Jack estavam viajando e fazendo campanha, se desenrolam diante dele...

A próxima memória projetada sacode Dirk em seu âmago: Rover, levando Skaelka em direção a um enorme edifício. Um edifício que Dirk reconhece...

— O museu! Onde consegui minha espada! — Dirk exclama, apontando para a imagem mostrada. — Eu estive lá, Babão. Foi onde perdemos a Big Mama.

O Babão solta um *meep* suave e se aconchega em Dirk.

E então as memórias de Skaelka começam a se desenrolar em um ritmo alucinante e vertiginoso, como assistir a um filme no mais rápido de todos os avanços rápidos...

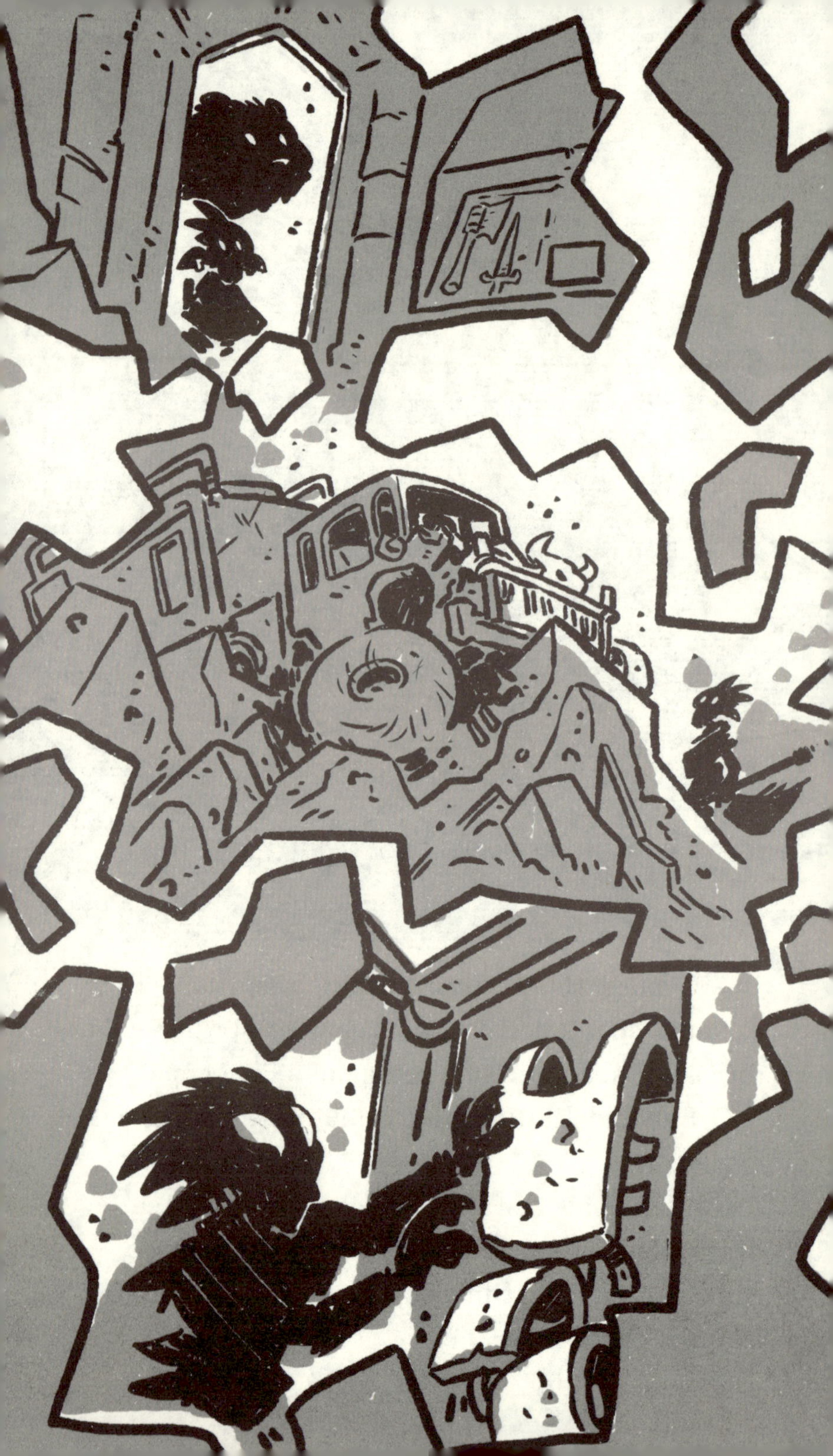

— Os monstros não pegaram Rover! — Dirk grita alegremente. Ele puxa o Babão para perto e sussurra: — É o cachorro-monstro de Jack, você o conhecerá algum dia. Vocês vão se dar bem como raios em uma roda de carroça.

O cajado de Quint brilha em brasa, e a imagem muda, uma nova cena se encaixando.

Kimmy suspira, quase quebrando a fusão mental.

— Esse é o mesmo lugar que eu vi na mente do Drakkor! Onde ele era como um rei monstro!

A imagem projetada faz Dirk cambalear de volta. Instantaneamente, seu alívio ao descobrir que Rover estava seguro evaporou...

Dirk vê mais do que viu antes, quando Kimmy revelou a memória do Drakkor. E o que ele vê agora deixa seus joelhos fracos e faz seu sangue gelar.

É uma estrutura colossal.

Uma *fortaleza*.

Mas esta fortaleza não é como nada que ele já viu antes. Irradia cores e matizes que, e ele sabe que isso não faz sentido, mas tem certeza, não ocorrem na natureza. A estrutura brilha por dentro, como uma criatura antiga das profundezas do mar.

A forma, os ângulos... não deveriam ser possíveis. *Aquele lugar*, ele pensa. *Aquele lugar não deveria existir*.

Finalmente, Dirk consegue desviar o olhar, e seus olhos encontram Quint.

Gotas de suor aparecem no rosto de Quint enquanto seus dedos correm pelo cajado, ajustando mostradores e acionando interruptores, tentando desesperadamente manter a conexão de Kimmy e Skaelka.

— Aquela fortaleza — Dirk começa, a voz embargada. Ele vira o rosto, fazendo tudo o que pode para evitar olhar para aquela coisa. — Por favor, Kimmy, supere essa memória. Chegue logo à parte onde Skaelka navegou pelo labirinto. Rápido.

— Não — Kimmy responde. — Precisamos ver. Então Skaelka saberá o que aconteceu com ela.

As orelhas de Kimmy se torcem e seus olhos nublados ficam em chamas enquanto ela luta para forçar seu caminho ainda mais fundo na memória. Detalhes da fortaleza entram em foco, mas não são fáceis: Kimmy e Skaelka estão tremendo e se contorcendo, a energia fluindo entre elas aumenta.

O cajado de Quint fica trêmulo em suas mãos.

— Não consigo segurar por muito mais tempo — ele afirma.

— Chegando... muito... perto... — Kimmy consegue dizer. Suas palavras vêm em rosnados irregulares.

Galamelon franze a testa.

— A quantas memórias mais temos que assistir? — ele pergunta impaciente, olhando para um relógio de bolso claramente quebrado. — Eu tenho que ir ao banheiro, e a placa diz que não posso usar o milharal. E pensei que estávamos tentando encontrar uma maneira de sair desse labirinto, mas, em vez disso, o único caminho que estou vendo é um passeio pela estrada da memória!

— Cala a boca... — Dirk rosna.

A projeção de Kimmy muda de repente! Ela conseguiu! E o que ela conseguiu faz com que todos recuem horrorizados.

Uma figura sombria se materializa, e um GRITO de gelar o sangue escapa dos pulmões de Skaelka.

Capítulo Dezesseis

NÃO! NÃO! NÃO! NÃO!

O grito de Skaelka é um uivo agudo e horrível de agonia! Ela ergue os braços, escondendo o rosto, como se estivesse se protegendo fisicamente da figura na projeção.

— Quem é esse? — Dirk pergunta, tremendo. A ideia de que existe um monstro por aí que pode instilar esse tipo de medo em Skaelka, a maior guerreira que ele já conheceu, é de congelar o seu sangue.

De repente, o cajado sacode e balança nas mãos de Quint, em direção a Skaelka, depois de volta para Kimmy, como um pêndulo. O medo e o terror inundando Skaelka está desestabilizando o frágil equilíbrio de energia.

— Kimmy! — ele grita. — Não consigo mais manter a conexão!

A mandíbula de Skaelka se fecha e sua mente parece se abrir! Memórias projetadas são lançadas em um fluxo frenético de imagens indecifráveis.

Quando começou a manipulação do cérebro, Dirk estava nervoso. Agora, ele está totalmente petrificado.

— Vai ficar tudo bem, Babão. Eu acho... — Dirk sussurra, virando-se, colocando seu corpo entre o Babão e a ação telepática que se desenrola diante deles.

Os dedos de Quint são um borrão enquanto ele tenta desesperadamente estabilizar o fluxo de energia, mas muita coisa está acontecendo e muito rápido, ele não sabe para onde direcionar sua atenção. Os mostradores começam a girar por conta própria e o cajado emite um lamento penetrante e agudo que aumenta e aumenta até...

— Não! — Quint balbucia quando o cajado é violentamente arrancado de suas mãos. A projeção da mente de Skaelka explode, inflando uma imagem final que pisca diante deles...

E então a imagem evapora em uma nuvem de nada. Se foi. Como uma TV que foi desligada pelo pai zangado de alguém que perdeu a hora de dormir.

O ar é denso e úmido, quase esfumaçado.

— O que aconteceu? — Dirk sussurra suavemente.

Os olhos de Kimmy voltam ao normal.

— A conexão foi cortada.

— Eu sinto muito! — Quint diz, correndo para pegar seu cajado de volta. — Eu não consegui aguentar... não estou pronto para...

— Galamelon! — Dirk ruge, virando-se. — Por que você não tentou ajudar? Tente fazer alguma coisa pra variar?

— Hã, o quê, como? — Galamelon diz, sentando-se e esfregando os olhos. — Eu cochilei por um segundo. Perdi algo importante no final?

Dirk desvia o olhar de Galamelon, pois é preciso cada grama de contenção que ele tem para não gritar.

Ele está zangado, mais zangado do que esteve em muito, muito tempo. Sua mente corre...

Isto não está certo! Estamos exigindo demais de Quint. Ninguém poderia fazer o que estamos pedindo que ele faça... e estamos pedindo que ele faça desde o início disso tudo. Ele é uma criança, como eu. Uma criança que é boa com ciências. Ele não é um feiticeiro ou um mago, e ele não pode fazer o impossível!

— Meep! — o Babão guincha, e isso acalma Dirk e o traz de volta ao presente. Mas o presente está só piorando...

Um tremor que parece um terremoto rasga o labirinto.

— Hã, pessoal — Dirk fala, percebendo que problemas gigantes estão se aproximando. — Parece que um batalhão de tanques está vindo em nossa direção...

— Os Esmagadores devem ter ouvido o grito de Skaelka — Kimmy explica. — E agora estão vindo.

Todo o labirinto parece estar se movimentando. Os pés de milho balançam descontroladamente enquanto a terra se agita.

É nesse momento que os olhos de Skaelka se abrem. Ela bate os nós dos dedos com força contra a cabeça, como se estivesse soltando poeira velha do cérebro.

Então pega seu machado, enfia-o no chão trêmulo e se levanta de um salto.

— Quint, eu te agradeço — ela diz. — Você fez o que qualquer aliado faria: você tentou ajudar.

— Eu tentei — Quint diz, balançando a cabeça. — E eu falhei.

— NÃO. Você conseguiu, *amigo* — Skaelka afirma, e sua carranca sempre presente se transforma em um sorriso.

Quint suspira ao perceber...

De repente, a terra começa a se dividir. Todos se amontoam, procurando pelos Esmagadores que estão vindo.

— Mandem embora todo e qualquer medo, companheiros cães de guerra! — Skaelka diz. — Muitas das memórias de Skaelka foram restauradas, incluindo o caminho para sair deste labirinto. Eu vou nos levar para fora!

— Eu sabia que você conseguiria, Quint! — Dirk diz, dando um tapa nas costas do amigo. — E sem suar!

Quint sorri levemente.

— Com um pouco de suor, na verdade — ele diz, enxugando a testa.

— Minha mentoria melhora tudo! — Galamelon fala.

E, naquele momento, apesar do rugido dos monstros se aproximando, Quint pensa: *Eles estão certos. Com a ajuda de Galamelon, posso me tornar o conjurador que preciso ser. O conjurador que pode matar o Drakkor. O conjurador que ajudará a virar a maré quando lutarmos contra Thrull novamente.*

— A rota está fresca na minha mente. Por aqui! — Skaelka grita, enquanto corre à frente.

— Skaelka, é ótimo ter você de volta! — Dirk grita, correndo atrás dela. Todos eles seguem Skaelka, acelerando por um longo caminho, dobrando esquina após esquina.

Mas um problema permanece: a memória de Skaelka está funcionando, sua rota está correta, mas o caminho não está livre de perigos.

Esmagadores estão vindo da esquerda e da direita, enquanto outros estão ainda mais próximos vindo por trás. E à frente dos heróis surge uma parede de labirinto espessa e intransponível.

Não há caminho a seguir.

À medida que os monstros se aproximam, um de repente recua, ficando de pé! Seu corpo se abre, revelando fileira após fileira de presas afiadas e uma coisa estranha surpreendente agarrada à úvula do Esmagador...

~O Esmagador – Revelado por Inteiro~

ESMAGADOR & GREMLIN-APÊNDICE!

Restos de outras vítimas.

Surpresa! Um monstro dentro do monstro!

Restos de vítimas esmagadas.

CHITTITY! KIKT CHITTITY!*

* Comida! Várias comidas!

ATRIBUTOS:

FOME: Máxima

HIGIENE: 4, em uma escala de 4 a 397

IRRITABILIDADE: +10, graças ao Gremlin-Apêndice

Capítulo Dezessete

— Vejam — Dirk aponta. — Tem um pequeno Gremlin-Apêndice pendurado na garganta do Esmagador!

— Dois monstros pelo preço de um — Galamelon fala. — Que ótimo negócio.

O Gremlin-Apêndice grita *Chittity! Kikt chittity!* de novo, mas, antes que o Esmagador possa voltar a rolar para esmagar e comer...

POW!

CHOMP!

CHUT CHUT, KIKKITY CHINT KINT?? *

* Ei, o que você tá fazendo?

— Isso, Carol, arranque essa presa! — Kimmy aplaude, enquanto Carol agarra uma das enormes presas do Esmagador, arrancando-a.

— Essa filhote é como um cachorrinho — Dirk fala com admiração.

Carol é como uma dentista maluca, vilã de cinema, arrancando a presa do Esmagador de sua boca enquanto ela cai no chão.

O Esmagador uiva em agonia enquanto o Gremlin-Apêndice grita de aborrecimento.

Carol dá uma pequena sacudida, então observa enquanto o Esmagador, dominado pela dor, recua, abrindo-se como uma terrível pulseira de pressão de outra dimensão. O atordoado Esmagador cambaleia para frente e para trás... e então começa a tombar para a frente.

O Gremlin-Apêndice desencadeia uma série de exclamações rápidas e agudas, mas é rapidamente silenciado quando a barriga do Esmagador cai para a frente.

Há um ruído cataclísmico quando ele bate na cerca viva do labirinto, achatando a parede de pés de milho sob seu corpo maciço.

— Ah, olha isso! Ele fez uma ponte para nós! — Kimmy exclama. — Que docinho!

— Um novo caminho é revelado! — Skaelka urra, subindo pela concha do Esmagador. — Me sigam!

Eles descem para outro caminho do labirinto deixando o Esmagador para trás.

— Estamos nos aproximando do ponto de saída! — Skaelka afirma.

— Parece que vocês têm isso praticamente sob controle — Galamelon fala, pulando a bordo do Jibe e reclinando completamente o assento.

— Pete! — Kimmy grita para o monstro com cara de grilo. — Se ele ficar muito confortável, sinta-se à vontade para dar um cascudo nele.

— Direita! Esquerda! Ops, agora é meio complicado! Skaelka fala enquanto eles se aproximam do labirinto.

— Esses criadores de labirinto acreditam que podem nos enganar com uma volta, mas subestimam a mente de Skaelka!

E então, finalmente, o caminho se alarga. O labirinto sem fim se transforma em uma reta, repleta de barracas de lanches e barracas de camisetas e suvenires.

— Ó, meu deus — Kimmy fala. — Ó. MEU. DEUS. Isto é...

— A saída! — Dirk exclama. — Finalmente!

Uma placa se ergue sobre o caminho à frente, pendurada entre duas imponentes estátuas de Frankie Furão. Uma faixa bem detonada pelo vento diz:

PARABÉNS! O REI GAMBÁ APLAUDE SUA CONCLUSÃO BEM-SUCEDIDA DO LABIRINTO DE MILHO! PRONTO PARA FAZER DE NOVO? APENAS R$ 59. SÓ EM DINHEIRO.

Eu acho que não, pensa Dirk.

Galamelon aplaude de seu poleiro no topo do Jipe.

— Eu sabia que entrar no labirinto era a escolha sábia! Eu nunca erraria com vocês, pois eu sou...

GRAWWRGH!

Os heróis estão passando por baixo da placa de saída, perto... ah, tão perto da liberdade, quando o Esmagador ferido aparece atrás deles. O corpo da concha do monstro se desenrola. Dentro, o atordoado, e ligeiramente esmagado, Gremlin-Apêndice estica um dedo...

*Não os deixe escapar! Não comemos há muito tempo. O mais alto parece delicioso!!

Aparentemente, Esmagadores não apreciam ter suas presas arrancadas por filhotes de carapaça. E Gremlins-Apêndices não gostam de ser esmagados. E nenhum deles gostou de ser usado como ponte.

O Gremlin-Apêndice dá um sorriso de adeus enquanto o Esmagador se encolhe, enrolando-se e avançando.

— Carol! — Kimmy grita. — Cuidado, atrás...

SLAM!

O Esmagador bate em Carol como uma bola de demolição viva! Carol é lançada no ar, rodando e caindo em um giro final de 360 graus. Em seguida, um *CRAK* penetrante soa quando ela atravessa a placa de saída.

> MEU DESCONHECIMENTO DA SEGURANÇA DO CINTO DE SEGURANÇA SERÁ MINHA DESGRAÇA!

> Rápido. Antes que a placa caia e fiquemos presos!

Um estrondo muito alto ressoa atrás de Quint, Dirk, Kimmy e Skaelka quando a placa de saída solta cai de suas dobradiças atrás deles, trazendo os furões imponentes com ela, criando uma enorme parede de destroços.

O Esmagador bate na parede, depois se abre quando ricocheteia para trás como uma bola de pinball. O monstro agora está preso do outro lado. O Gremlin-Apêndice agita seu pequeno punho, amaldiçoando os heróis fugitivos.

— Conseguimos — Dirk comemora, olhando em volta incrédulo. — E estamos bem!

Quint, curvado, tentando recuperar o fôlego, levanta a cabeça. Entre goles de ar, ele consegue dizer:

— Nem todos nós...

Dirk segue seu olhar. Carol está se levantando lentamente, mas Galamelon não.

Ele foi jogado do Jipe durante o acidente, e agora está esparramado na grama além do labirinto, deitado, imóvel, em uma poça de sangue que se espalha lentamente...

Capítulo Dezoito

— Galamelon! — Quint grita, correndo para o lado dele. — Você está bem?

— Quint... — Galamelon fala, bem fraco, estendendo a mão para agarrar a de Quint. — Meu aluno. Você é o legado que deixo para trás, neste mundo, quando eu me for. — Ele fecha os olhos. — E estou me sentindo bem perto de ir embora.

— Não! — Quint suspira. — Eu preciso de você!

> Tivemos bons momentos, velho amigo, prometa que se lembrará de mim...

> Coloque na minha lápide: Galamelon foi o maior conjurador de todos os tempos. Nascido em uma arcada com telhado de palha, saiu de casa com a tenra idade de oitocentos e noventa e nove anos para buscar fama, fortuna e um par de calças limpas...

Quint olha para seus amigos. Seus olhos estão arregalados e úmidos.

— Continue meu legado, cara... — Galamelon diz, com os olhos fechados. — Use as conjurações que ensinei a você, e conte ao mundo a história de Galamelon, o Grande...

Um trovão ressoa ao longe enquanto Kimmy anda em um círculo lento ao redor de Galamelon.

— INACREDITÁVEL! — Kimmy exclama de repente. — Até mesmo agora! Quint, esqueça-o. Como eu venho tentando te dizer desde o começo: Galamelon é péssimo.

— Ei... — Dirk. — Agora não é a hora. Um pouco de respeito, hein?

— Hum, não — Kimmy responde. — Desde o dia que ele entrou em Fleeghaven, esse fraudador tem sido uma dor de cabeça gigante.

Galamelon de repente levanta a cabeça.

— Kimmy, não. Vamos lá. Deixe-me ter este momento...

— NÃO — Kimmy diz. — Você quer que as pessoas conheçam a história de Galamelon? Bem, eu vou contar a eles essa história. Agora mesmo...

A história de Galamelon, o cara milongueiro

Galamelon apareceu logo depois que o Drakkor começou a atacar Fleeghaven...

Vejo que uma fera horrível está de olho em sua bela cidade. Bem, por sorte, fiquei de olho em sua bela cidade e sou um grande conjurador, o maior conjurador, e só eu posso salvá-los.

PARECE TÃO LEGÍTIMO!

CONTRATE O HERÓI!

DEMAIS!

Não sei não...

Durante dias, ele apenas comeu nossa comida, bebeu nossos refris e se gabou. Se gabou demais.

... e foi assim que eu matei o Imparável Impedidor de Mandíbulas usando nada mais do que meus pés descalços e uma colher conjurada.

"O monstro chegou. Vou pegar minha mala e sapatos confortáveis!"

E quando o Drakkor atacou, Galamelon desapareceu!

"Ó, onde está nosso mago? Galamelon, nossa única esperança!"

Ele se escondeu no food truck!

"Vou me esconder no food truck!"

Achei que Galamelon já era.
WHAM
Achei que eu já era!
Mas o Drakkor deve ter achado que o energético era mais delicioso que o Galamelon, pois parou pra beber...
E partiu.
SLURP...
Como prometido, sua cidade foi salva. Me deem presentes. Me deem presentes agora!
Você é uma fraude!
ELE É FALSO!
DEMITAM O HERÓI!

— E, depois disso — Kimmy diz, terminando sua história —, nós o expulsamos da cidade. Mas deveríamos tê-lo levado ainda mais longe. Tipo, abaixo da terra.

Quint solta lentamente a mão de Galamelon.

— Isso não é verdade, é?

Galamelon olha para Quint por um longo, longo momento, então sua cabeça cai.

— Infelizmente, é... — Galamelon fala, suspirando profundamente. — Veja bem, na minha dimensão, eu era um vendedor de carapaças usadas. Eu era cheio de confiança, tinha arrogância de sobra! Ah, sim, por um tempo na vida, eu era o melhor...

— Quando caí nesta dimensão, precisava sobreviver. Mas eu só tinha uma coisa a meu favor: aquela confiança. Então eu a usei: aprendi alguns truques simples e me rebatizei como o maior mágico do mundo.

Quint dá alguns passos trêmulos para trás.

— Mas... Não, não pode ser — diz. — Eu vi você realizar conjurações reais! Você libertou a Rainha de Armadura com uma conjuração tão poderosa que abalou o Palácio do Rei Gambá até seus alicerces. Todos nós sentimos. Certo, pessoal?

Dirk e Kimmy franziram a testa, confusos.

— Quando o lugar tremeu superforte? — Kimmy pergunta. — Isso foi só porque o palco começou a girar, e o Drakkor caiu pelo telhado.

— O quê? Eu... mas... — o rosto de Quint se fecha. — Ó.

Um relâmpago estala de repente. As nuvens carregadas estão tornando o céu cinza e escuro.

— A tempestade está chegando... — Dirk fala. Ele lambe um dedo e o segura. — E está indo em direção a Fleeghaven, o que é bem ruim.

Kimmy fica de pé sobre Galamelon e olha para Quint e Dirk.

— Desculpe estourar sua bola de chiclete, mas pelo menos agora você sabe a verdade...

Quint vira as costas para Galamelon.

— Então é isso? Não há esperança?

— Agora, Galamelon — Kimmy diz. — Também é hora de você saber a verdade.

— Hã? — Galamelon grunhe.

Kimmy desliza o pé por baixo dele, o levanta, então chuta uma garrafa de plástico esmagada no ar. Agarrando-a, ela exclama:

— VOCÊ NÃO ESTÁ MORRENDO, SEU FOLGADO! Você nem está sangrando... só está deitado em uma poça de energético.

Kimmy balança a garrafa.

— Estava no seu bolso, e estourou quando você foi derrubado da Carol.

Dirk sorri para Kimmy.

— Você sabia o tempo todo.

Kimmy dá de ombros.

— Ei, isso fez com que ele contasse a verdade.

— Mas é claro que estou vivo! — Galamelon exclama, levantando-se de um salto. — Eu me conjurei de volta da beira da morte!

BONK.

Aí. Ó, não. Estou novamente nas mãos da morte!

Não. Ninguém vai acreditar nisso agora.

Quint se vira, inundado de alívio, mas também de raiva. Galamelon está vivo, e é um impostor.

Mas, as coisas *não* são sem esperança! Quint pode sentir algo o incomodando no fundo de sua mente, dizendo que *nem* tudo está perdido. Tem um pensamento dizendo: *vocês ainda podem resolver isso*.

— Bebida Energética Zumbido Legal! — Quint de repente percebe. Ele está pensando muito e rápido agora, seu cérebro fazendo o que faz melhor: descobrir as coisas. Ele está juntando as peças.

Quint pega a garrafa esmagada. *Galamelon deve ter roubado isso do Palácio do Rei Gambá. Havia energético Zumbido Legal à venda do lado de fora do labirinto. E no hotel onde passamos a noite. Em outro lugar, também, antes. Mas onde...*

Quint de repente solta:

— É claro! O cartaz do filme! Em Fleeghaven!

PATROCINADO POR
ENERGÉTICO ZUMBIDO LEGAL!
Chegando na Próxima Temporada!

Um sorriso aparece nos cantos da boca de Quint.

— Kimmy disse que toda vez que o Drakkor volta, está maior, evoluído e mais assustador, certo? Isso quer dizer quê: Galamelon, você salvou o dia!

— Quem salvou o que agora? — Galamelon está ocupado limpando energético de sua barriga.

Quint se apressa em explicar:

— Quando Galamelon estava em Fleeghaven, o Drakkor foi embora depois de beber o energético, certo? Não acho que seja coincidência. Acredito que o Energético Zumbido Legal é o que faz o Drakkor subir de nível!

— Entendi! — Kimmy diz. — Na verdade, não, estou mentindo, não entendi. Mas eu quero entender! Explique mais por favor!

Quint bate na garrafa.

— O Drakkor não deixou Fleeghaven porque teve pena de Galamelon. Saiu de lá porque conseguiu o que queria: Zumbido Legal! E é por isso que o Drakkor escolheu o Palácio do Rei Gambá como seu covil: há toneladas de Energético Zumbido Legal lá!

— Você está dizendo que o energético é o que o Drakkor deseja? — Skaelka pergunta.

— Precisamente! Ou, quase precisamente, mas, sim! O Drakkor precisa consumir essas coisas para poder continuar ficando mais forte, maior e *mais malvado*! — Quint conclui.

— Certo... — Dirk fala. — Mas então por que só ataca a cidade quando chove?

Quint fica momentaneamente perplexo, mas Kimmy suspira.

— Ah! Ah! Eu sei essa! Lembra que eu lhe disse que, depois que finalmente choveu e sabíamos que seríamos capazes de cultivar nossas colheitas, fizemos uma festa épica? — ela explica. — Comemoramos com Zumbido Legal! E essa foi a primeira vez que o Drakkor atacou! Então, agora, o Drakkor deve apenas assumir que toda vez que chove, nós liberamos o energético.

— Como o avião de Chekhov! — Dirk afirma.

— O cão de Pavlov — corrige Quint.

Kimmy continua:

— Então o Drakkor continua voltando, procurando mais. Mas nunca encontra nada, porque paramos de beber essa porcaria depois daquela noite, porque é nojento, tem gosto de revestimento do estômago com sabor de cereja, mas não no bom sentido.

Quint dá três passos rápidos em direção a Kimmy.

— Me diga uma coisa: na cidade, ainda tem algum Zumbido Legal?

— Sim! Enfiamos tudo no arsenal, ao lado do caminhão de refeições Cine-Lanches.

— Arsenal? — Dirk pergunta, antes de perceber que ela se refere ao falso arsenal do set de filmagem.

Em instantes, todos estão a bordo do Jipe. Carol está praticamente empinada, ansiosa para esticar suas muitas pernas e correr.

— Eu só digo *de nada* para todos vocês! — Galamelon diz enquanto se acomoda em seu assento. — Claramente, se eu não tivesse roubado aquele energético, nunca teríamos descoberto nada disso. Então, recebo uma recompensa agora?

Dirk joga um gambá de pelúcia para Galamelon.

— Cortesia do rei, você mereceu.

Galamelon sorri e puxa o cordão nas costas do bichinho cantante, que grita:

— Pizza, pizza, é bom para você!

E, com isso, Kimmy dá um toque suave em Carol. E eles partem...

Capítulo Dezenove

Relâmpagos cortam as nuvens que se juntam enquanto o céu muda de cinza para preto.

Carol galopa a toda velocidade pela escuridão, correndo para ficar à frente da tempestade, à frente do Drakkor...

— Já é hora do lanche? — Galamelon pergunta.

— Não — Kimmy.

— Hora da festa de dança ainda?

Kimmy abre um sorriso.

— Sim, dã. TOCA, PETE!

Festa da dança da corrida alucinante para casa!

Enfiado no banco de trás, Quint ignora a festa de dança em um momento meio estranho.

Ainda há uma chance de transformar toda essa confusão em vitória, ele pensa. *E fazer isso sem conjurar nada.*

Ele olha para seu cajado. Costumava conter um mundo de potencial: encantamentos e conjurações. Uma incrível mistura de ciência e energia de outras dimensões. Mas talvez Dirk estivesse certo. Talvez tudo seja simplesmente muito perigoso. E depois da confissão de Galamelon, a ideia de ser um conjurador parece uma piada cruel.

A exaustão toma conta de Quint e suas pálpebras se fecham quando dois dias de jornada dos heróis com apenas três minutos de sono finalmente cobram seu preço. Os passos de Carol, junto com a música esquisita de Pete, são estranhamente calmantes, e logo ele está dormindo profundamente...

Quint é acordado por um estrondo repentino. Ele engole em seco, pensando que é um trovão, temendo que a tempestade tenha chegado.

Mas não. É uma... comemoração?

— Hã? — Quint enxuga a baba da bochecha e levanta a cabeça, que estava apoiada no ombro de Skaelka.

— Você tem sorte de eu me lembrar de você agora — Skaelka diz a Quint, mostrando um sorriso amoroso, mas ainda perturbador. — Caso contrário, eu teria sido forçada a desmembrar você.

— Senti sua falta, Skaelka — Quint fala.

— Awwnn, tão piegas — Kimmy exclama.

— Hora de se concentrar, gangue — Dirk lembra. — Chegamos.

— Como foi a matança do Drakkor? — um monstro pergunta. — Vocês o fizeram sofrer como ele nos fez sofrer?

— Ainda não — Kimmy responde, enquanto Carol diminui a velocidade para um trote. — Mas não tenham medo, amigos, o Drakkor está a caminho!

Um suspiro aterrorizado vem do povo-monstro reunido.

— *A caminho?* — um monstro grita.

— *Não tenham medo?* — outro grita.

— Sim! — Kimmy diz, toda animada — porque...

— Seu filho pródigo voltou! — Galamelon interrompe, de pé e acenando. — Agora, alguém pode me indicar a direção do banheiro?

A visão de Galamelon transforma o medo do povo-monstro em fúria.

— Vocês saíram para matar o Drakkor e, em vez disso, voltaram com esse idiota?

— A chuva virá em breve, o Drakkor não está morto, e Galamelon está de volta! Estamos condenados! — um monstro grita, então corre para pegar uma mala com rodinhas e sapatos confortáveis.

Kimmy levanta a mão, silenciando-os.

— Galamelon definitivamente ainda é péssimo, mas suas besteiras na verdade vieram a calhar. Então, ninguém mata ele... ainda.

— EI! — Skaelka grita, de pé em seu assento. — Skaelka também voltou. E ela não partirá até que o Drakkor seja derrubado.

— Quem é Skaelka? — um monstro pergunta. Skaelka suspira.

— Eu — ela murmura. — A Rainha de Armadura. Alguns monstros murmuram sua aprovação.

— Todos vocês queriam os heróis de Hero Quest — Dirk lembra. — Bom, vocês não conseguiram aqueles exatos heróis, mas conseguiram um guerreiro e um conjurador. Um guerreiro e um conjurador que não fugirão quando o Drakkor aparecer.

— Quint tem um plano! — Kimmy diz. — Um plano que vai funcionar.

Quint engole em seco, pois sente como se um holofote gigante de repente estivesse voltado para ele. Olhando para os monstros, ele vê seus rostos amedrontados. Alguns, que foram pegos no meio do trabalho no campo, seguram versões monstruosas de forcados com as pontas tremendo.

Quint sente uma cotovelada repentina na lateral do corpo.

— Esta parte é com você — Dirk sussurra.

— Aham — Quint começa. Suas palavras são trêmulas e ele espera que sua voz falhe a qualquer momento. — O plano é assim: primeiro, vamos pegar o carrinho de Cine-Lanches e o levaremos ao centro da cidade...

Quint faz uma pausa. O povo monstro está extasiado, atento a cada palavra dele. Ele vê a mesma coisa que viu quando eles partiram para matar os Drakkor: esperança. Está claro que os monstros estão dispostos a fazer o que for preciso. Ele continua, ganhando força enquanto fala...

Naquele momento, as primeiras gotas de chuva começam a cair, batendo no capô do Jipe. É tarde demais para correr. Nuvens cinzentas se movem sobre a cidade.

— Agora vão em frente, vizinhos! — Kimmy fala.

E eles vão.

Apenas um pequeno monstro não se move. Ele olha para Quint com os olhos arregalados.

— Por que todo esse energético? Vamos fazer uma festa?

— Com certeza vamos — Quint diz com um sorriso confiante. — Uma festa para celebrar a derrota do Drakkor...

Capítulo Vinte

FLEEGHAVEN PRONTA PRA LUTA!

Pilhando os acessórios do set!

— NOSSA! ESSAS COISAS SÃO QUASE REAIS!

— AINDA BEM QUE CRESCE DE NOVO.

Pegando o energético!

SQUEAK SQUEAK SQUEAK

BUZ

— ZUMBIDO LEGAL CHEIRA A BANHEIRO E ARREPENDIMENTO.

— Você também, Ernie.

Treino de combate!

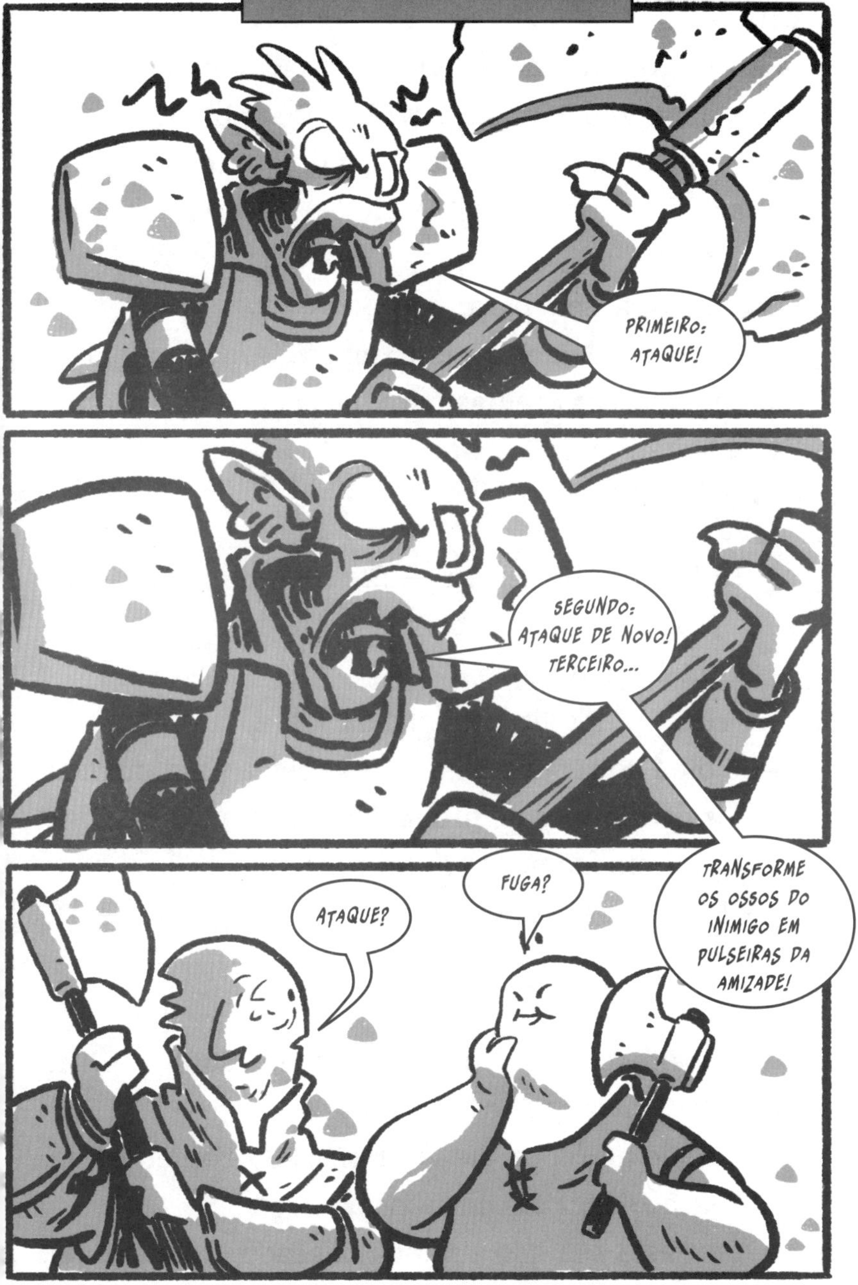

— Adoro quando um plano vai se formando — Dirk fala.

Dirk e Kimmy estão andando rapidamente pela cidade, observando a preparação apressada de última hora. Galamelon segue, carregando quatro braçadas de cartolina, com ZUMBIDO LEGAL escrito em cada uma delas.

A chuva cai sem parar.

— Não vai demorar muito agora... — Kimmy afirma, puxando as orelhas para baixo para se aquecer. De repente...

WHACK!

— Ai! O que me acertou? — Dirk pergunta, esfregando a nuca. Olhando para baixo, ele vê o livro de conjurar de Quint caído no chão.

— Hã? — Dirk diz, pegando o livro.

Ele olha ao redor e vê a porta aberta para um dos muitos caminhões de produção do *Hero Quest*. Dirk pensa por um momento, depois diz:

— Encontro vocês mais tarde.

— Ei, amigo, o que você está fazendo aqui? — Dirk pergunta, entrando no caminhão.

Olhando ao redor, ele vê tripés, equipamentos de iluminação e bobinas de cabos pesados.

Quint está sentado em uma bancada, construindo algo silenciosamente, mas se vira ao som da voz de Dirk.

Quint simplesmente dá de ombros e volta para a bancada. Seu cajado está desmontado, a bateria foi removida.

E, no chão, Dirk vê um tipo de armadilha, embora não esteja claro como funciona. Mas ele espia algo que se parece com o lançador de dinamite de um garimpeiro antigo.

— Cara — Dirk fala. — Você jogou fora o seu livro e está desmontando seu cajado. O que está acontecendo?

— Você estava certo o tempo todo — Quint afirma, enquanto termina de conectar um longo fio ao êmbolo. — Conjurar é uma má notícia... e esse livro também.

— Então, tipo, você está desistindo? — Dirk pergunta.

— Não, estou fazendo o que sei fazer de melhor: usando equipamentos de filmes antigos para construir uma armadilha que prenderá o Drakkor para que possamos matá-lo.

Dirk ergue as sobrancelhas.

— Isso é o que você sabe fazer melhor?

— Não exatamente isso, é claro. Mas construir gadgets, usar ciência e tecnologia, transformar um monte de lixo em um dispositivo para matar monstros do mal... *isso* é uma coisa que eu sei fazer.

Quint não acrescenta "diferente de conjuração", mas ele não precisa... Dirk sabe que é isso que ele quer dizer.

Dirk pensa por um momento, depois suspira:

— Ok, tudo bem, mas... esse livro foi um presente! Você não pode se livrar de um presente. Mesmo que seja um par de luvas ruins, você ainda precisa esperar algumas semanas para jogá-las fora. Se você não fizer isso é falta de educação.

— Se o presente não se encaixa e foi claramente dado à pessoa errada, então você pode se livrar dele — Quint responde. — E é isso que estou fazendo.

Dirk coloca o livro na bancada e o empurra para frente até tocar a mão de Quint.

— Se você quer parar com isso, não vou tentar impedi-lo. Essa coisa de conjuração é algo grande, provavelmente grande demais para qualquer um. Sabe o que meu pai costumava me dizer? Eu contei isso pro Jack uma vez, quando eu estava me sentindo mais baixo do que tudo. Meu pai costumava dizer: "Dirk, se você não tentar, não pode falhar".

— Bem, isso não é um conselho paternal muito bom — Quint fala.

— Claro que não — Dirk responde. — Mas estou dizendo agora para que você saiba que tentou e não falhou. Eu sei que você não vê assim, mas você estava progredindo.

Quint olha para o livro, depois abaixa a cabeça.

— Eu não posso acreditar que confiei em Galamelon — ele diz suavemente. — E a pior parte é que... eu sabia que ele não era cem por cento legítimo. Não sabia que ele era totalmente falso, mas eu conseguia saber que ele era, você sabe, *falso*.

— Certo, ufa — Dirk fala. — Porque se você não soubesse eu ficaria preocupado.

— Claro que eu sabia. Mas estava tão desesperado para consertar meu erro gigantesco e não cometer mais erros gigantescos. E como resultado, eu só piorei as coisas. Nem estaríamos *aqui* se não fosse por mim.

> Está certo.
>
> Estou?
>
> Sim, não estaríamos aqui. Estaríamos de volta àquele Palácio do Rei Gambá, no corredor, mortos. Cara, quando o Drakkor nos encurralou, você nos salvou... você até feriu a coisa! E aquela sessão mental estranha com a Kimmy? Funcionou! Skaelka recuperou a memória e nos tirou daquele labirinto. Você fez aquilo.
>
> Então por que me sinto um perdedor?

— Porque você está aprendendo algo novo e aprender algo novo não é fácil. Você já é bom em todas essas coisas — Dirk acena para a bancada —, mas só porque conjurar não é fácil, não significa que você seja ruim nisso. Você está começando. E quando você está olhando de fora, às vezes é... não sei. Qual é a palavra?

Quint folheia o livro e o empurra para o lado. O que ele quer fazer é jogá-lo de volta pela porta.

Dirk suspira.

— Mas, cara, conjurar ainda é baseado na realidade! Você é *ótimo* em ciências. E como você continua me dizendo, conjuração da *dimensão dos monstros* é como a ciência da *nossa dimensão*.

— Eu não, não tenho mais certeza. É assustador.

— Mais assustador do que serrar um homem ao meio? — Dirk pergunta.

Uma voz de repente diz:

— Ahhh, eu consigo fazer isso!

Quint e Dirk se viram e veem Galamelon parado na porta.

— Eu costumava cortar *warmites* na metade para provar que poderia colocar dois *warmites* escorregadios no porta-malas de uma carapaça. Agora, revelar o truque vai contra o meu código...

— O quê? O código do conjurador? — Quint pergunta sarcasticamente. — Pare com isso.

— Não, não! O código do *vendedor de carapaça usada*! E esse código é muito mais secreto e restritivo do que o código de qualquer conjurador. Mas, vou dizer a vocês companheiros como funciona. Vejam bem, sem o conhecimento do público, há duas criaturas muito flexíveis dentro da caixa, assim dando a ilusão de um corpo sendo serrado ao meio.

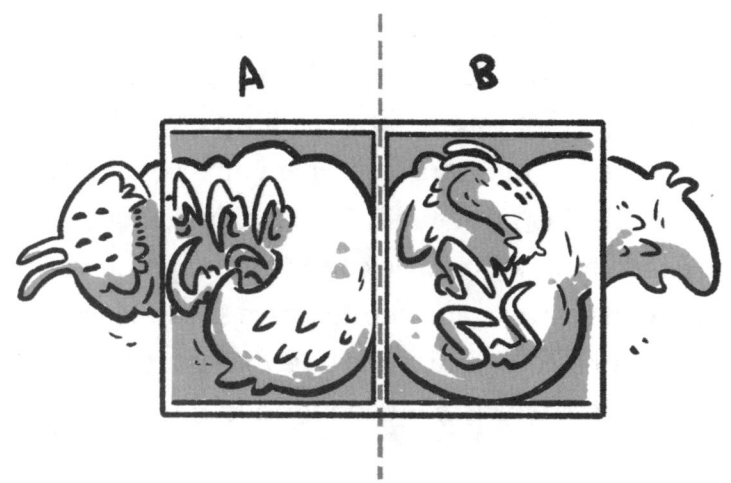

Dirk olha para Galamelon e finalmente pergunta:
— É isso? Sério?

Quint acena com a cabeça.

— Eu poderia ter deduzido isso, se eu tivesse visto o truque pessoalmente, mas não vi por causa da mãe mentirosa da Ângela Bianucci.

Dirk olha para Quint, depois para Galamelon, e de volta para Quint, então exclama:
— ISSO NÃO É ASSUSTADOR!

— Mas é confuso — Galamelon diz —, se não for feito corretamente. Muito confuso. Fui banido de onze grandes inaugurações de concessionárias de carapaça por conta de como...

— Confuso! — Dirk exclama. — Essa é a palavra que eu estava procurando. Quint, quando você está começando algo novo, é confuso. E você não está acostumado a coisas confusas.

— Eu deveria estar — Quint diz. — Depois de viver com Jack e June por tanto tempo.

Dirk ri baixinho.

— Ouça, amigo. Se você quer jogar esse livro fora, vá em frente. Confie em mim, eu não quero ver você estragar tudo e me transformar em uma lagosta ou algo assim. Mas, não sei, olha, eu tinha pavor de magia. Ainda tenho. Gosto de coisas que eu posso ver. Eu gosto de caras maus que eu posso socar. Mesmo assim, aqui estou eu, dizendo que você pode querer ficar com isso e *continuar conjurando...*

Quint fica em silêncio. Dirk está apenas tentando fazê-lo se sentir melhor? Ou Dirk, talvez, esteja certo?

Quint olha para o livro e novamente lembra o que Yursl lhe disse: *Agora você tem tudo de que precisa para fazer o que deve ser feito.*

Talvez ela quisesse dizer que tudo o que ele precisava já estava dentro dele. O livro era apenas uma ajuda.

De repente, uma voz lá de fora soa com notícias que fazem Quint esquecer tudo sobre o livro e Yursl.

— DRAKKOR NO HORIZONTE!

— Bem, eu provavelmente deveria ir logo ao banheiro — Galamelon afirma, limpando a garganta. — E provavelmente vou demorar um pouco, então...

— Cala a Boca — Dirk fala, puxando Galamelon para a porta.

Saindo, Quint vê uma onda de ação: Skaelka liderando os monstros, direcionando-os para suas posições. Eles carregam forcados de outras dimensões, pás e espadas afiadas, além de arcos, lanças e mais espadas muito realistas tiradas do caminhão de acessórios.

— Skaelka preparou o povo monstro rapidamente — Dirk comenta, observando-os correr pelos telhados e se esconder nas vitrines.

— E lá está a isca para o Drakkor — Quint fala, apontando para o food truck Cine-Lanches no centro da cidade.

— Caras heróis! — Kimmy chama. — Coloquem sua armadilha!

— MEEP! — O Babão chia.

— Meep mesmo, Babão — Quint responde. — Meep mesmo.

Capítulo Vinte e Um

Alguns minutos frenéticos depois, Quint e Dirk estão espiando pela janela do food truck, observando e esperando.

A chuva bate no telhado acima deles, soando como tambores de guerra.

De repente, a atmosfera muda, e o ar fica gelado.

— Acho que ele está aqui — Quint sussurra, um arrepio percorrendo sua espinha.

O Drakkor não tem asas, não pode voar, mas chega com uma rapidez chocante.

— Lá — Dirk diz, engolindo em seco enquanto aponta. — A placa de boas-vindas a Fleeghaven.

Nos limites da cidade, a chuva cai sobre a placa imponente e arqueada. O Drakkor paira logo além dela... uma sombra, brilhando atrás de uma cachoeira.

E então o monstro dá um passo à frente. Cada viga e tábua em Fleeghaven chacoalha. A rua se divide, a pedra entra em erupção, e a placa cai.

É um caminho direto do food truck até a periferia da cidade, dando a Quint e Dirk uma visão clara do Drakkor. E eles não estão amando o que estão vendo.

— Está definitivamente maior — Dirk observa.

Quint concorda com a cabeça. Quase dobrou de tamanho desde que eles lutaram no Palácio do Rei Gambá. Suas escamas são tão grossas quanto a armadura projetada por Quint que Skaelka usa agora.

ELE VOLTOU – E PIOR DO QUE NUNCA!

Terror na cidade

ELE TEM SEDE DE SANGUE... E ENERGÉTICO!

O Drakkor exibe uma inteligência misteriosa e sobrenatural enquanto vasculha a cidade. A chuva bate em sua cabeça escamosa e rola sobre seus olhos, mas o Drakkor nunca pisca, ele simplesmente procura.

— Ao contrário de ataques anteriores, não há monstros fugindo — Quint sussurra. — Ele pode suspeitar da armadilha...

— Então vamos saciar sua sede, antes que tenha a chance de pensar muito — Dirk responde.

Ele abre as torneiras da máquina de refrigerante da caminhonete, e o energético jorra. Logo, um rio grosso de suco viscoso está escorrendo por um buraco no piso do caminhão. Lá fora, o líquido laranja neon se mistura com a água da chuva, criando uma piscina com as cores do arco-íris, como sorvete radioativo.

O Drakkor fareja o ar, levantando e abaixando a cabeça, e então, de repente, ele estala e anda em frente: olhos fixos no food truck.

— Isso chamou a atenção dele — Dirk fala.

O Drakkor poderia alcançar o caminhão com um único ataque feroz, mas, em vez disso, ele inicia uma ronda lenta espreitando a cidade, como um leão na caça. Seus olhos estão constantemente procurando e procurando... vasculhando cada varanda, telhado e janela em busca de sinais de monstros escondidos.

Mas não vê nada.

— Quint, você tem energia suficiente? — Dirk pergunta.

Quint olha para o desentupidor tipo dinamite a seus pés. Parece algo saído de um antigo desenho do *Papaléguas*, o que não inspira muita confiança: *Wile E. Coyote* era o único com a dinamite e os detonadores, mas também foi quem perdeu no final de cada episódio.

Anexado ao êmbolo, um longo trecho de fio elétrico que leva à bateria separada do cajado e depois serpenteia pela traseira do caminhão.

— Sim — Quint responde, olhando para as luzes da bateria. — O suficiente para alimentar a armadilha e mais um pouco.

— Ótimo — Dirk fala, abaixando-se atrás do balcão. — Porque ele está aqui.

— Hã? — Quint diz, então seus olhos saltam. — Ah!

Nesse momento, o Drakkor chega ao caminhão de refeições. Ele fareja duas vezes, depois assobia, um som que indica algo parecido com diversão.

A cidade não é nada além de um silêncio assustador, enquanto os monstros escondidos observam o Drakkor começar a beber, esperando ansiosamente pelo que está por vir.

— Aqui vai — Quint sussurra. Sua mão está levantada, prestes a bater no êmbolo, quando de repente...

A cabeça do Drakkor vira para o lado, focando na loja de poções.

— Maldito Galamelon — Dirk rosna.

Os olhos do Drakkor piscam, alertas para a emboscada. O monstro rosna e se afasta, justamente quando...

— Agora, Quint! — Dirk exclama. — Aperte!

— Tô acionando! — Quint grita. Sua palma aberta bate para baixo, e a armadilha é acionada...

SNATCH!

Um cabo de aço se encaixa ao redor do Drakkor!
— PEGUEI ELE! — Quint grita.

Recuando, o Drakkor vê o enorme guindaste de câmera do Hero Quest elevando-se acima. O fundo pesado do guindaste de repente despenca, enquanto a câmera dispara para o ar, *elevando* o rosnante Drakkor do chão...

Mas a música inoportuna do gambá de Galamelon deu um aviso ao Drakkor, aviso suficiente para que ele tenha tempo de atacar com sua cauda em direção ao food truck!

— PRO CHÃO! — Dirk grita, puxando Quint para o chão um instante antes de a cauda farpada do Drakkor estourar a parede! Ela desliza pelo interior do caminhão em um arco violento e abrangente, então...

PUXÃO!

O guindaste da câmera carrega o monstro para cima... e o caminhão com ele. Quint e Dirk ficam pendurados no ar por um segundo, como astronautas em gravidade zero, antes de serem rebatidos nas paredes, pisos e teto enquanto o caminhão voa para cima como se fosse um foguete.

— A bateria! — Quint grita, atacando, passando a mão, mas agarrando apenas o ar. O pacote navega pela janela.

— Agarre-se a algo! — Dirk grita, pouco antes de...

THUNK!

O contrapeso do guindaste termina sua longa queda, batendo no chão com a força de um terremoto! O arremesso interminável de Quint e Dirk finalmente para, e eles ficam esparramados no teto do caminhão, que agora se tornou o chão.

Por um momento, o único som é o ranger do caminhão e o raspar do Drakkor.

> Tenho que sair desse reino de magia agora!

> Me juntarei feliz a você nessa missão.

> Nunca mais diga missão.

E quando parece que as coisas não podem piorar, Quint e Dirk ouvem Kimmy gritar:

— ATAQUEM AGORA!

Eles ouvem as palavras claramente, porque ouvem as palavras dentro de suas cabeças: uma mensagem telepática enviada por Kimmy para todos os humanos e monstros da cidade. E os monstros atendem ao seu comando...

VIRE O LIVRO DE LADO PARA A PRÓXIMA PARTE!

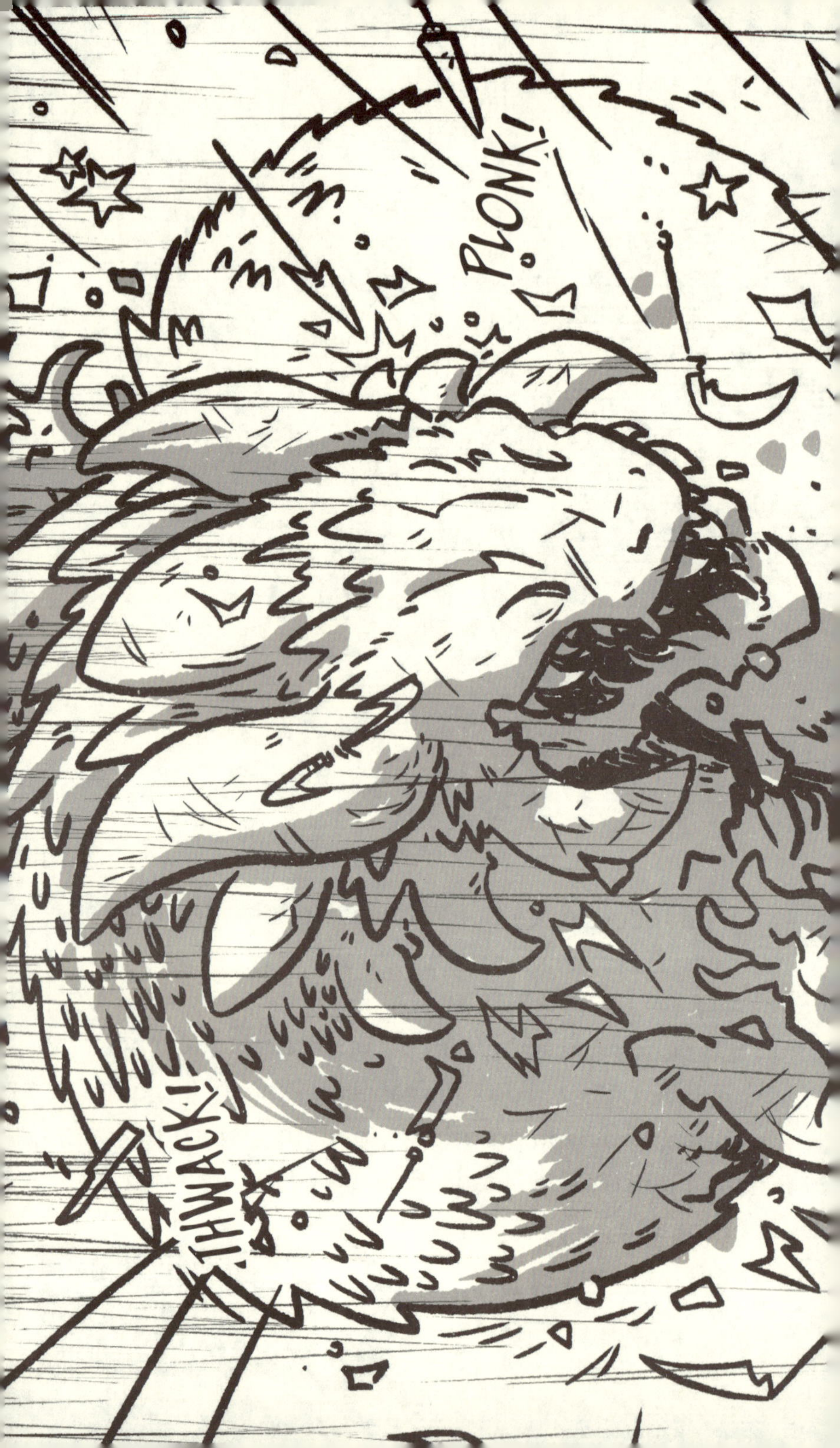
PLONK!
THWACK!

CERTO, PODE VIRAR DE VOLTA AGORA!

— FIQUE ABAIXADO! — Quint grita enquanto a enxurrada de lâminas, flechas e armas bem lançadas continua.

— EU NÃO SEI MAIS ONDE É EMBAIXO! — Dirk grita.

O Drakkor grita enquanto projéteis atingem sua pele blindada... batendo e batendo e, finalmente, perfurando as escamas escorregadias do monstro. Ele se debate, cambaleando em um balanço repentino e violento, chicoteando o caminhão pendurado de um lado para o outro.

— Babão, você tem que usar isso! — Dirk diz, colocando o seu capacete na cabeça de seu amigo.

Aquilo foi muito perto.

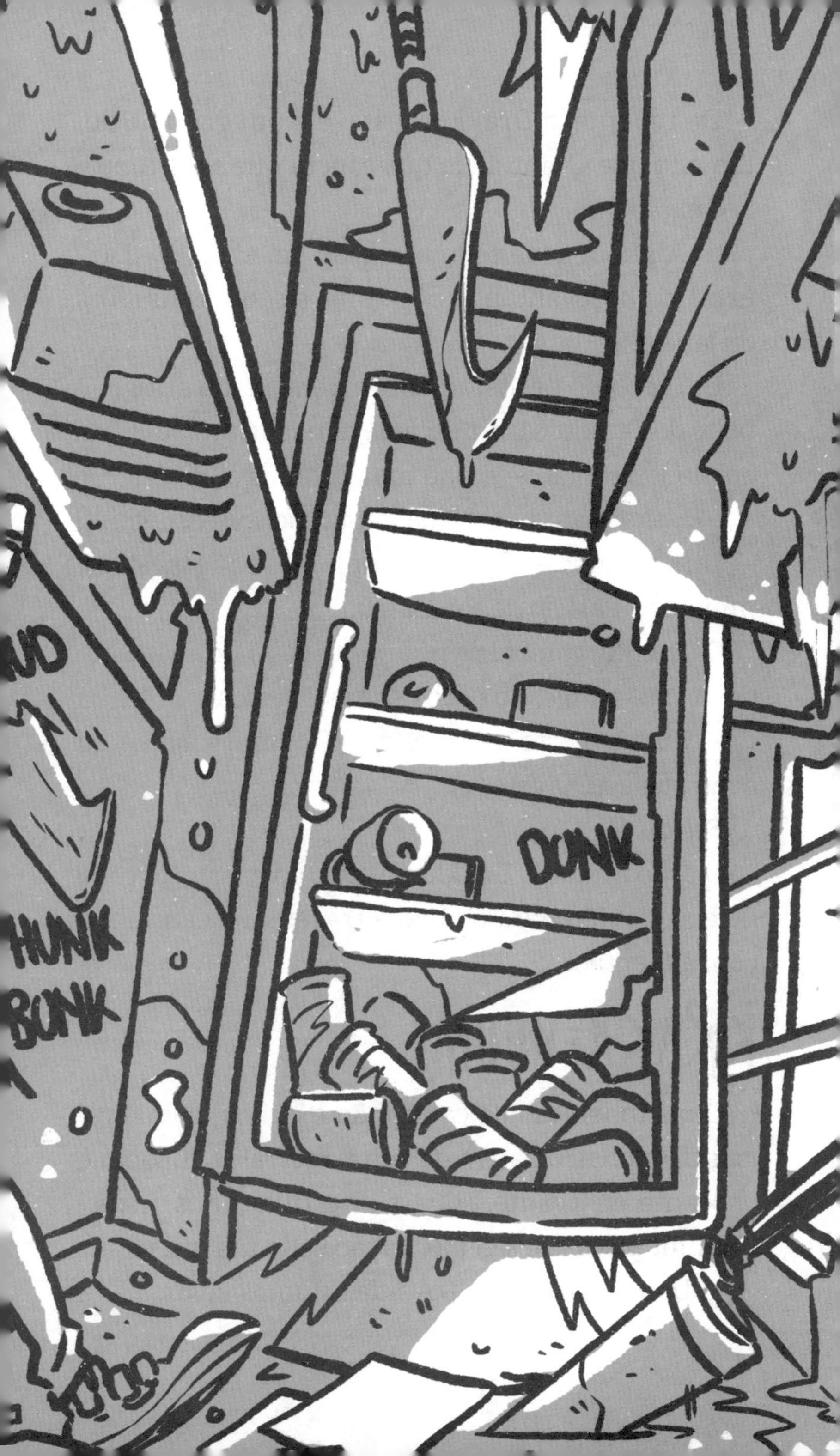
DUNK
HUNK
BONK

De repente, o Drakkor grita, e é um grito de dor tão alto que Quint meio que espera que seus tímpanos explodam.

— Alguém deve tê-lo acertado em cheio! — Dirk exclama, se levantando e botando a cabeça para fora da janela.

Um forcado perfeitamente arremessado atingiu o peito do Drakkor. Uma escama blindada está dividida em duas, revelando carne roxa brilhante.

— Eles acertaram bem na ferida que você fez, Quint! — Dirk aplaude. — Sabe, sua conjuração que meio que falhou no Palácio do Rei Gambá.

O Drakkor cambaleia no ar, se debatendo e sacudindo. A grua range, e o cabo de metal ressoa.

— Eu não gosto desse som — Quint afirma. — Eu acho que está prestes a...

SNICKT!

O cabo estala! O Drakkor é solto do aperto do cabo de aço, caindo para o chão e trazendo o caminhão com ele, então...

KRAKA-BUUM!

Duas toneladas de caminhão e quilos imensuráveis de monstro batem de volta à terra! O impacto é chocante, enervante, e quase de estilhaçar os ossos.

Quint pisca. Dirk geme. Babão solta um *meep*.

— Uau — Dirk fala. — Ainda estamos vivos.

— Por enquanto — Quint responde. — Você está bem?

— Melhor do que aquela vez em que fui teletransportado — Dirk responde, embalando o Babão em seus braços.

— Então vamos! — Quint grita, correndo pelo caminhão tombado com Dirk em seus calcanhares.

Eles se arremessam pela porta, caindo no chão, aterrissando a poucos centímetros do Drakkor, que está se levantando e rugindo. Energético jorra do caminhão, chapinhando do outro lado da rua.

— A bateria! — Quint suspira ao vê-la. Ele vai em frente e a pega um momento antes de ser varrida em um rio de energético.

Nesse momento, uma sombra passa por cima dele. Olhando para cima, Quint espera ver, talvez, a última coisa que verá na vida: uma pata carnuda de Drakkor.

Mas, não!

— Skaelka! — ele suspira aliviado.

Ela está no telhado, com um machado de filme afiado em suas mãos.

— PROMETI VINGANÇA! — ela berra. — E SKAELKA MANTÉM SUAS PROMESSAS!

Com isso, Skaelka salta, navegando pelo ar em direção ao corte brilhante no centro do peito do Drakkor...

Capítulo Vinte e Dois

O MOMENTO QUE ELA ESTAVA ESPERANDO!

O machado de Skaelka atravessa a escama rachada do Drakkor e acerta a ferida roxa brilhante.

Uma mistura ensurdecedora de dor, raiva e surpresa explode do Drakkor.

Frio gelado irrompe da parte recém-cortada do monstro, transformando a lâmina de Skaelka em gelo. O Drakkor balança suas pernas colossais, tremendo, ficando fracas, até que, finalmente...

SLAM!

O Drakkor cai no chão, de barriga para baixo, banhando os monstros reunidos com água da chuva e energético. O cabo congelado do machado se parte em dois, e Skaelka despenca do monstro, caindo ao lado dele.

— Sim... — Skaelka diz, baixinho, depois de uma respiração profunda. — Ela sempre cumpre suas promessas.

Há um momento longo e tranquilo, e então...

— A RAINHA DE ARMADURA CONSEGUIU!

— E SÓ PRECISOU DE DUAS TENTATIVAS!

— DUAS!

— O MAGO E O GUERREIRO SÃO VENCEDORES!

Quint se levanta, observando a cena triunfante.

Nós fizemos isso, ele pensa. *E eu não tive que fazer qualquer conjuração.* Embora ele não tenha certeza se esse pensamento o deixa aliviado ou desapontado.

— Nós formamos um bom time, não é? — Galamelon diz, caminhando. — O Mago, o Guerreiro e o Vendedor de Carapaça Usada!

— Hã, amigos? — Kimmy diz, sua voz falhando. — O Drakkor está, hã, fazendo algo.

Todo mundo se vira. A cauda do Drakkor está batendo contra o chão. Uma camada de pele é derramada, fazendo com que escamas escorreguem de seu corpo e caiam na piscina de energético.

Quint suspira quando percebe.

— O Zumbido Legal! Eu acho que está... curando ele. Revivendo-o. O Drakkor está mudando de novo.

Um som emana do Drakkor: um gemido doloroso e estridente.

— AIEEE! — Kimmy grita, agarrando suas orelhas e puxando-as com força contra sua cabeça. — A dor do Drakkor é excruciante...

— Bem, claro — Dirk fala. — Skaelka simplesmente deu uma machadada nele.

— Não, isso não... — ela consegue falar. — Isso é diferente, não quero, mas eu tenho que...

Kimmy se ajoelha, olhando nos olhos de pálpebras pesadas do Drakkor. Suas pupilas giram, ficando vazias, e o horror as preenche. Ela percebe que não compreendeu verdadeiramente o que ela viu no Teatro com Pizza, congelada no modo de manipulação do cérebro com o Drakkor.

E ela de repente grita, com imagens explodindo de seu cérebro e projetadas no ar...

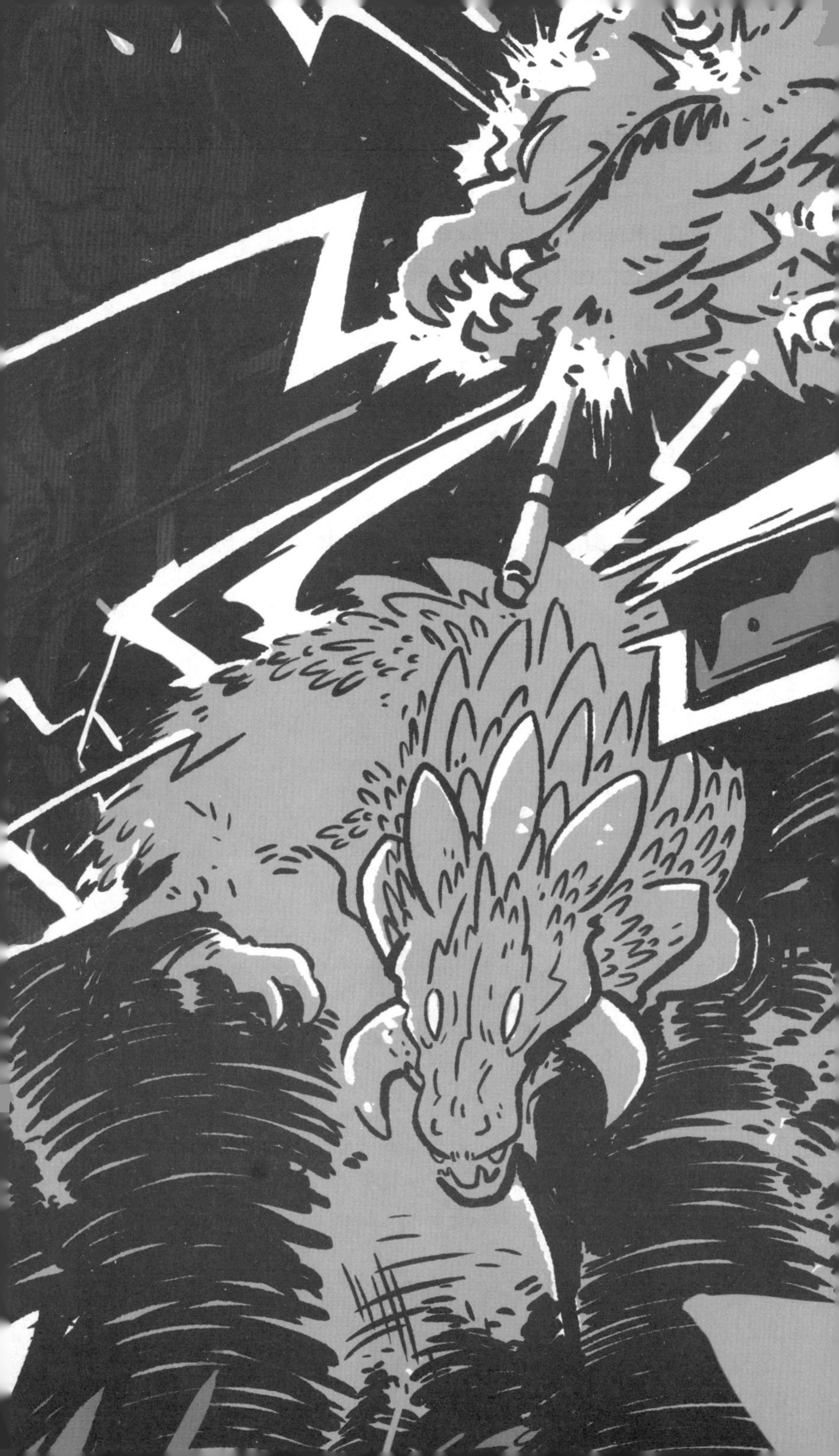

Por fim, Kimmy sai da paisagem mental do monstro.

— O Drakkor — ela murmura, ofegante — não estava naquela fortaleza estranha porque queria estar. Algo *o machucou* ali. Ele foi *torturado*. Fizeram *experimentos* nele.

Skaelka se mexe desconfortavelmente, batendo com o cabo quebrado do machado na cabeça.

As garras do Drakkor raspam o chão, arranhando a poça de refrigerante.

— Pessoal... — Quint diz inquieto. — Fizemos algo totalmente errado aqui?

Achei que o Drakkor estava usando o energético pra ficar ainda mais mau, mas e se não for isso?

E se o energético for o que alivia sua dor?

Tipo gelo, quando você queima a língua, e por isso ele sempre volta. Ele só queria, tipo, acabar com a dor..

Que bom que você não o matou enquanto dormia, hein?

EU QUE NÃO QUIS ESSE PLANO!

— Esperem, então o Drakkor é legal? — Galamelon pergunta. — ARRÁ! Sempre soube que era um bom ovo. É por isso que eu não o matei quando me contrataram da primeira vez. Eu simplesmente não poderia fazer isso, não sou um monstro. Ao contrário de vocês... Nossa.

Dirk ignora Galamelon.

— Eu não acho que o Drakkor seja legal. Havia muitos ossos naquele Palácio do Rei Gambá. Ele não é um gatinho. Está mais pra um urso-pardo ou um grande tubarão-branco. Mas não merecia o que lhe aconteceu naquela fortaleza e tudo o que foi feito com ele lá.

— E tudo o que fizemos com ele — Quint diz baixinho.

GRRRR!

De repente, a besta pesada está se levantando. Ossos estalam e novas escamas surgem em sua pele. Está se transformando na frente dos olhos dele...

— É assustador! — Kimmy grita. — É louco, mas não mau. Depois de tudo que ele passou, vai atacar qualquer coisa que o machuque. Tipo, sei lá... UM MACHADO GIGANTE.

— Isso é culpa de Skaelka — murmura Skaelka.

Galamelon corre para Quint.

— Ok, cara. Você é o cara. Você tem que usar toda a incrível conjuração que eu te ensinei — Galamelon é subitamente silenciado quando a cauda do Drakkor chicoteia no ar e...

Em outro momento, isso me faria feliz.

Ah, quem tô enganando? Fiquei animadíssima.

SLAP!

— Cara — Dirk diz, agarrando os ombros de Quint. — Não posso acreditar que estou dizendo isso, mas Galamelon estava certo. Sua conjuração é nossa única chance.

— Eu sei, Dirk — Quint responde, sua voz firme. — E vou fazer isso. Mas devo ter cuidado. Foi o teletransporte do Kinetic Crescendo que nos trouxe aqui, então...

Quint para, de repente, olhando para a bateria em suas mãos.

— Espera aí...

— O quê? — Dirk pergunta.

— Esquece — Quint diz rapidamente. — Skaelka, Kimmy, mantenham o Drakkor ocupado! Dirk, venha comigo para o caminhão de elétrica. Vou precisar de sua ajuda...

Capítulo Vinte e três

— EI, MAGO! EI, GUERREIRO! — Kimmy grita, enquanto se esquiva de um golpe vicioso do Drakkor furioso. — Vocês já estão terminando de fazer o que estão fazendo?

— Kimmy parece estar ficando cansada! — Skaelka fala.

— QUASE! — Quint responde. Ele está prestes a levantar a engenhoca montada às pressas por cima do ombro, quando...

— Espere! — Dirk chama. — Essa bateria encostada do lado do seu corpo vai ficar muito quente. Você vai precisar de alguma proteção...

Com um floreio, Dirk revela o manto do mago.

— Eu guardei isso aqui, achei que você pudesse mudar de ideia.

— Mas...

— Sem discussão. Esta é a sua missão de herói, então coloque isso.

Quint concorda com a cabeça.

— Tudo bem.

O Drakkor está a apenas alguns segundos de esmagar Kimmy e Carol, quando...

— EI! — Galamelon grita. — Há um conjurador que gostaria de conversar com você.

O monstro se vira. Seus olhos escuros e frios fitam Galamelon.

— Ah, não eu — Galamelon fala. — Ele...

> Não é um bastão, e não é um cajado... é minha própria criação!

ITEM DESBLOQUEADO! CANHÃO DE CONJURADOR!

— Muito bem, amigo — Quint diz para Dirk. — Me energize!

Dirk pega o êmbolo do detonador pendurado na bateria e dá um puxão forte, como se estivesse ligando um cortador de grama.

GGRRR-VVRROOM!

As garras mortíferas do Drakkor se cravam no chão... e então ele ataca.

Quint gira o mostrador do blaster encurtado de seu cajado, e seu dedo encontra o gatilho.

Ele não se dá tempo para pensar.

Não, desta vez, ele apenas *age*.

KINETIC CRESCENDO!

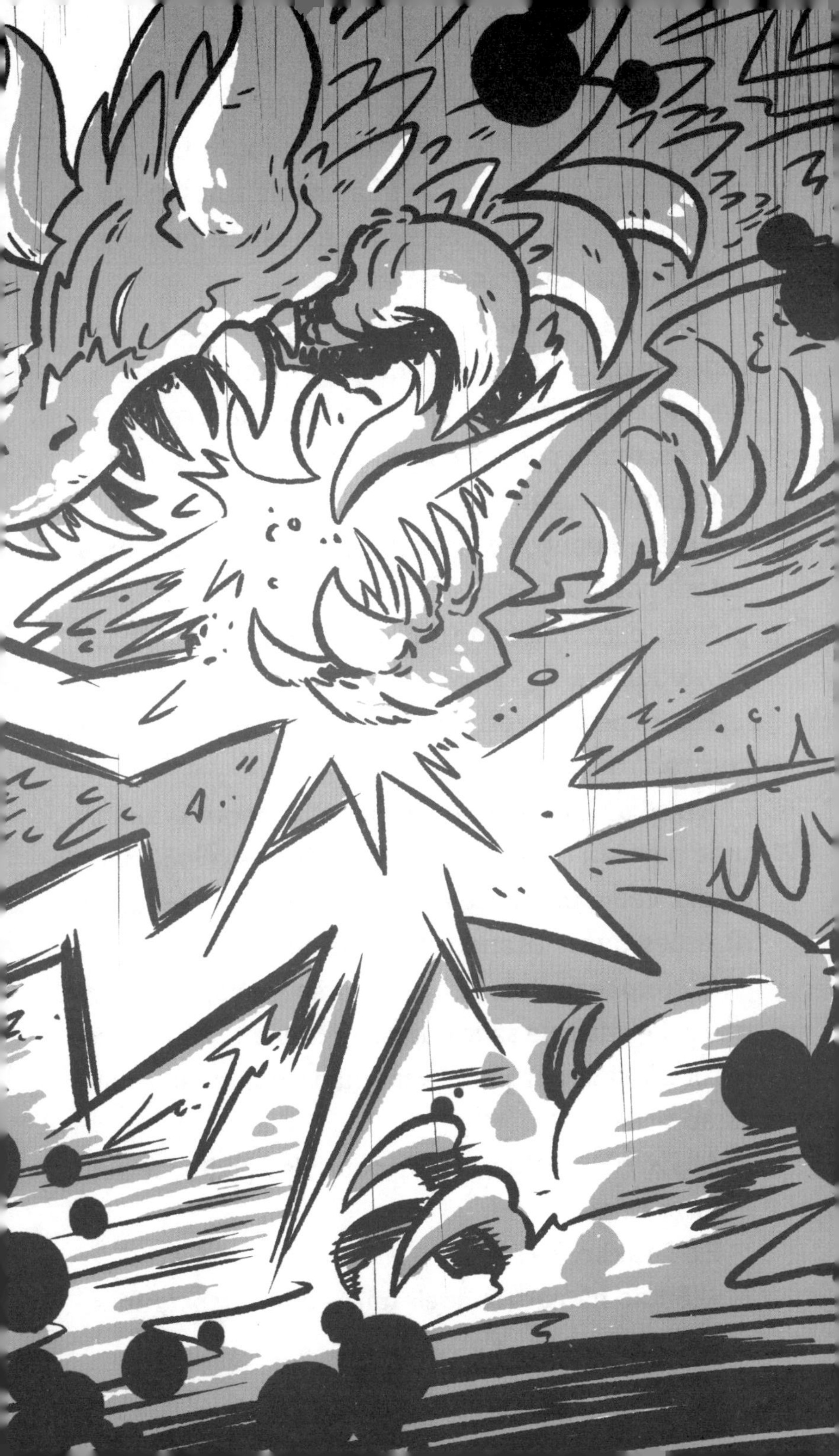

Quint vê todo o efeito de sua conjuração: um globo rodopiante de calor e luz que engole totalmente a criatura... então, irrompe como uma esfera de energia que se expande rapidamente.

A esfera aumenta, enchendo a praça da cidade, indo em direção a Quint. Ele tenta fechar os olhos, desviar o olhar, mas uma onda de choque formigante está correndo por seu corpo, e ele está preso, imóvel como uma estátua.

Então, a poucos centímetros do rosto de Quint, a esfera para, uma pausa momentânea, antes de ser puxada para trás como um ioiô atômico atraída para o Drakkor.

Há um pequeno estalo, como um estalinho lançado contra a calçada.

À medida que a energia flui de volta para o Drakkor, uma nevasca ofuscante de vapor roxo explode para fora. É como um maremoto quebrando em todas as direções, quase tirando Quint do chão.

Quanto tempo ele fica ali, imerso em vapor, Quint não sabe. Mas ele sabe quando a nuvem finalmente se foi. Ele sabe porque vê suas mãos no canhão, e elas estão firmes.

Abaixo dele está a rua de paralelepípedos; ao seu redor, a cidade.

E o Drakkor se foi.

— Então, hã, para onde ele foi? — uma voz pergunta.

Quint se vira, em um movimento súbito e brusco que se suaviza ao ver que é Galamelon. E atrás de Galamelon estão Dirk, Babão, Kimmy, Skaelka e todos os monstros... todos exatamente onde deveriam estar.

E Quint dá o maior suspiro de alívio que já foi suspirado. *Eu não estraguei tudo*, ele pensa. *Nem um pouquinho.*

— Vaporizado? — Kimmy pergunta.

— Obviamente vaporizado — Galamelon afirma. — O que você testemunhou lá foi o clássico vapori...

— Não — Quint diz, com seu rosto se abrindo em um pequeno sorriso. — Não vaporizado, teletransportado.

— Como é que é? — Dirk exclama. — Você fez aquela coisa de teletransporte de novo?

Quint sorri.

— Eu fiz. E agora o Drakkor tem um novo lar: Sheboygan, Wisconsin. Avenida Oeste, 201, para ser mais preciso.

Dirk inclina a cabeça, sem entender.

Babão solta um *meep*.

Quint gesticula para o lado de seu canhão, onde uma garrafa vazia de Zumbido Legal está afixada.

— É a sede corporativa e a principal instalação de produção — Quint fala com um sorriso tímido. — O endereço está na garrafa.

Dirk ri daquilo e, sorrindo com a alegria da vitória, dá um beliscão suave e feliz no Babão.

— Agora o Drakkor pode beber todo o Zumbido Legal calmante que seu coração desejar — Quint afirma. — Espero que isso dê um pouco de paz a ele...

Você é um conjurador!

Bravo, cara. Nunca tive tanto orgulho de alguém cujo nome não é Galamelon.

Foi a 3ª coisa mais incrível que vi esta semana!

ISSO É ALGO QUE SKAELKA JAMAIS VAI ESQUECER.

Os aplausos do povo monstro ficam ensurdecedores enquanto eles correm para a praça da cidade para agradecer aos heróis.

— Eu me sinto, estranho... — Quint murmura, suas pernas de repente ficando como borracha. Ele afunda no chão, os joelhos batendo e espirrando água na rua encharcada de chuva.

— Ei, ei, ei — Dirk fala, se ajoelhando. — Você está bem? Tá aqui com a gente?

Quint concorda com a cabeça. Sua voz é um sussurro.

— Esse tipo de conjuração cobra muito de uma pessoa. Eu não posso fazer isso o tempo todo, nem mesmo parte disso.

Skaelka e Dirk levantam Quint.

— Parece que seu canhão de conjurador precisa ser recarregado — Dirk aponta, olhando para a bateria. — Então, mesmo que você quisesse, não poderia.

— Pode ser um tipo de coisa "apenas para ocasiões especiais" — Quint diz com uma risadinha. — Que, por mim, tudo bem.

— Ei, pessoal — Kimmy chama, enfiando a mão no bolso. — Vocês fizeram o que nós os contratamos para fazer. E um acordo com Kimmy é um acordo que se cumpre. Então, sem mais delongas, o MAPPARATUS!

Quint e Dirk sorriem, ambos pensando a mesma coisa: *Jornada do Herói completa.*

Capítulo Vinte e Quatro

A celebração em Fleeghaven durou a noite toda e nem uma única gota de energético foi tomada (só para garantir, e também porque é nojento).

Mas Quint, Dirk e Babão descansaram mesmo durante os momentos de diversão, dormindo profundamente no Hotel dos Cansados.

Eles provavelmente teriam dormido o dia seguinte também, se não fosse pela voz aguda de Kimmy em erupção dentro de cada um de seus cérebros, simultaneamente, gritando: "LEVANTEM, DORMINHOCOS! O QUE VÃO FAZER, DORMIR O DIA INTEIRO?

Dirk bate na lateral de sua cabeça, tentando apertar o botão de *soneca*, antes de perceber que você não pode apertar *soneca* de um despertador telepático.

Logo, um por um, os aventureiros saem cambaleando da pousada. E, quando saem, algo os faz parar imediatamente.

— Olhem só isso — Quint fala.

— Que belas esculturas — Dirk afirma. — Skaelka deve ter estado bem ocupada.

— Eu amei — Quint fala, sua voz calma e cheia de emoção. — Eu realmente gostei muito.

— É claro que eles amaram! — uma voz fala. — Foi ideia minha!

Quint e Dirk se viram para ver Galamelon sorrindo, parado ao lado de um Cine-Lanches meio destruído, que ele transformou em uma barraca de suvenires.

— Os monstros vão deixar você ficar? — Dirk pergunta, indo até Galamelon. — Eles não vão te levar para fora da cidade amarrado?

— Está brincando? Já fui expulso de várias cidades assim, mas não desta vez!

— Depois do meu puxão do cordão da pelúcia perfeitamente cronometrado, que foi exatamente de acordo com nosso plano, o povo monstro me ama!

"GALAMELON," O GRANDE

Barraca da Diversão

TREINO DE CONJURAÇÃO BONS PREÇOS

SALGADINHOS DE HERÓIS

NÃO AMAMOS, NÃO!

FOTOS POR 50 MANGOS

20 MANGOS PRA PUXAR A CORDINHA DA PELÚCIA QUE AJUDOU A MATAR O DRAKKOR!

SEM FOTOS GRÁTIS

NÃO PEÇA!!

Dirk revira os olhos.

— Bem, Galamelon, tudo isso foi... Eu não sei. Foi alguma coisa.

— Aham. Você não está se esquecendo disso? — Galamelon pergunta, e sua mão se abre de repente, revelando a carteira de Dirk.

— EI, ME DÁ ISSO! — Dirk exclama, pegando a carteira da mão de Galamelon e saindo. — Maldito Galamelon...

Dirk encontra Quint com Kimmy, encostado no Jipe. Perto dali, Skaelka está ocupada afiando um novo machado.

Quint bate com o cotovelo em Kimmy e faz a mesma pergunta que ela fez dois dias antes:

— Então, você está dentro? Você definitivamente deveria estar dentro. Diga que está dentro.

— Dentro? — Kimmy pergunta.

— De vir com a gente! Para se juntar à luta!

Dirk se aproxima deles, cruzando os braços.

— Não posso acreditar que estou dizendo isso, mas esses seus poderes de manipulação da mente seriam bons de ter por perto.

Kimmy franze a testa.

— Ah, eu queria. Eu realmente queria! Mas esta é a minha casa, e eu vou ficar aqui. Não comecem a molhar as órbitas oculares, pois verei vocês em breve. Sabe, por eu ter tirado, tipo, dezenove dúzias de fotos cerebrais de vocês, além de algumas fotos reais também.

Dirk resmunga.

— Mas, de verdade — Kimmy diz. — Obrigada. Orelhas cruzadas para que possamos nos encontrar novamente. E, quando eu vir vocês, vocês vão ficar tão empolgados. Especialmente você, adorável e abraçável Skaelka!

Adoro esses abraços!

SKAELKA NÃO ABRAÇA.

E, assim, está quase na hora de os heróis se despedirem da cidade de Fleeghaven. Monstros se aglomeram ao redor deles, agradecendo e entregando bolas de massa recém-colhida.

— Não gosto de despedidas longas — Dirk afirma. Ele bate no mapparatus, dando vida à tela tremeluzente. — Hora de seguir em frente.

— Certo — Quint diz. — Apenas, hã, um segundo. Uma última coisa que tenho que fazer.

Caminhando até a loja de Galamelon, Quint não sabe o que vai dizer ou o que quer dizer.

— Saudações! — Galamelon exclama, enquanto Quint se aproxima. — Você parece alguém que precisa de aulas de conjuração! E eu sou exatamente um grande mestre conjurador para guiá-lo em sua jornada!

Quint franze a testa.

— Cara, sou eu.

Galamelon desvia o olhar.

— Eu sei — ele diz suavemente.

Depois disso, nenhum deles parece saber o que dizer. Eles olham para os pés por um longo tempo, e bem que poderiam continuar olhando para os pés, se não fosse por Kimmy.

— Ugh, chega desses dois — ela diz, e, pela última vez, joga os pensamentos deles no ar...

E, com isso, é realmente hora de os heróis se despedirem. Enquanto caminham para o leste, fora da cidade, os monstros gritam suas despedidas, junto com algumas outras coisas...

— Por favor, levem Galamelon com vocês!
— Diga ao Matador de Blarg que Kimmy mandou um olá!

— Quando *Hero Quest 6* vai sair?

Os heróis caminham em direção ao sol do meio-dia. Logo, Fleeghaven está muito atrás deles... e, à frente, em algum lugar, estão seus amigos.

— Ei, Skaelka — Dirk fala, parando para oferecer um gole de água ao Babão. — Lá no labirinto de milho, quem era aquela criatura que te assustou tanto?

Skaelka estremece.

— Eu soube um dia, mas não sei agora. Skaelka suspeita que a resposta esteja naquela fortaleza. Então, devemos reunir nossos companheiros e ir até lá. Sinto memórias adicionais retornando lentamente. Quando voltar a ver a fortaleza, saberei mais.

Quint e Dirk concordam.

— Mas isso é secundário — Skaelka fala. — Devo dizer a Jack que me separei de Rover e pedir seu perdão.

Mas Dirk não ouve essa última parte, ele está pensando na fortaleza e no horror que eles viram ser feito ao Drakkor lá.

— Quint, provavelmente vamos precisar de suas habilidades de conjuração quando chegarmos a essa fortaleza — Dirk fala. — E eu meio que acho que estou mais tranquilo quanto a isso.

— Sabe de uma coisa? Também estou mais tranquilo com isso — Quint concorda. E enquanto ele ajusta sua mochila, sabe que desta vez isso é 100% verdade.

Com isso, Quint abre seu livro.

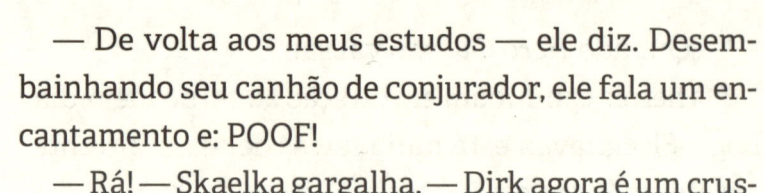

— De volta aos meus estudos — ele diz. Desembainhando seu canhão de conjurador, ele fala um encantamento e: POOF!

— Rá! — Skaelka gargalha. — Dirk agora é um crustáceo! Conjuração maravilhosa, Quint.

FIM

Tô orgulhoso de você, Quint!

Obrigado, lagosta Dirk!

Mas nossos heróis voltarão no LIVRO OITO de Os Últimos Jovens da Terra!

Agradecimentos

Obrigado a tantas pessoas: Douglas Holgate, Dana Leydig, Jim Hoover, Ken Wright, Jennifer Dee, Josh Pruett, Haley Mancini, Felicia Frazier, Debra Polansky, Joe English, Todd Jones, Mary McGrath, Abigail Powers, Krista Ahlberg, Marinda Valenti, Sola Akinlana, Gaby Corzo, Ginny Dominguez, Emily Romero, Elyse Marshall, Carmela Iaria, Christina Colangelo, Felicity Vallence, Sarah Moses, Kara Brammer, Alex Garber, Lauren Festa, Michael Hetrick, Trevor Ingerson, Rachel Wease, Lyana Salcedo, Kim Ryan, Helen Boomer, e todos em *PYR Sales* e *PYR Audio*.

Sou imensamente grato, como sempre, a Dan Lazar, Cecilia de la Campa, Alessandra Birch, Torie Doherty-Munro e todos da *Writers House*.

MAX BRALLIER!

(maxbrallier.com) é autor de mais de trinta livros e jogos. Ele escreve livros infantis e livros para adultos, incluindo a série *Salsichas Galácticas*. Também escreve conteúdo para licenças, incluindo *Hora da Aventura*, *Apenas um Show*, *Steven Universe*, *Titio Avô* e *Poptropica*.

Sob o pseudônimo de Jack Chabert, ele é o criador e autor da série *Eerie Elementary da* Scholastic Books, além de autor da graphic novel *best-seller* número 1 do *New York Times*, *Poptropica: Book 1: Mystery of the Map*. Nos velhos tempos, ele trabalhava no departamento de marketing da St. Martin's Press. Max vive em Nova York com a esposa, Alyse, que é boa demais para ele. E sua filha, Lila, é simplesmente a melhor.

DOUGLAS HOLGATE!

(skullduggery.com.au) é um artista e ilustrador freelancer de quadrinhos, que mora em Melbourne, na Austrália, há mais de dez anos. Ele ilustrou livros para editoras como HarperCollins, Penguin Random House, Hachette e Simon & Schuster, incluindo a série *Planet Tad*, *Cheesie Mack*, *Case File 13* e *Zoo Sleepover*.

Douglas ilustrou quadrinhos para Image, Dynamite Abrams e Penguin Random House. Atualmente está trabalhando na série autopublicada Maralinga, que recebeu financiamento da Sociedade Australiana de Autores e do Conselho Vitoriano de Artes, além da *graphic novel Clem Hetherington and the Ironwood Race*, publicada pela Scholastic Graphix, ambas cocriadas com a escritora Jen Breach.

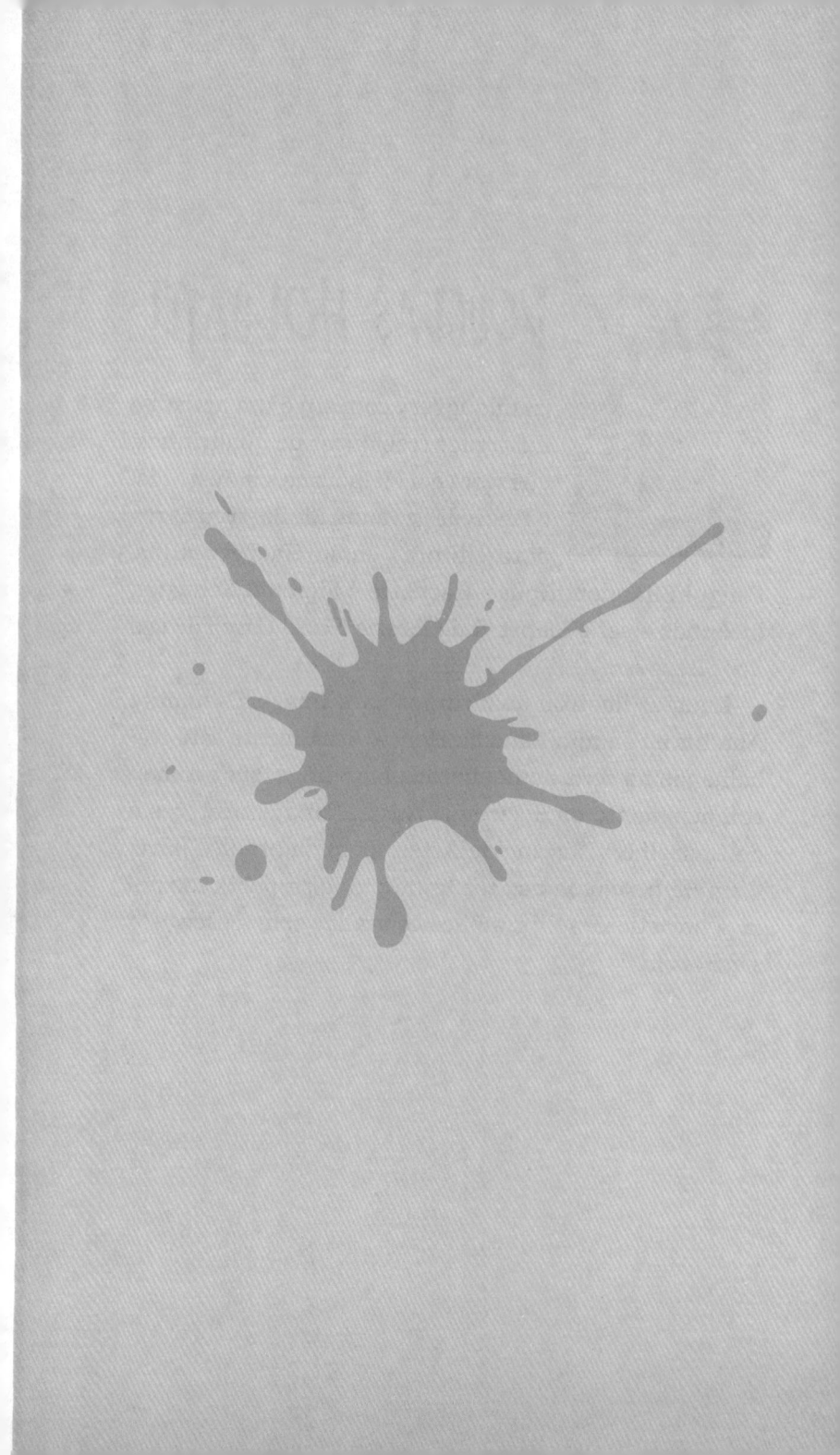

CONFIRA OUTROS LIVROS DA SAGA!

Acesse o site www.faroeditorial.com.br
e conheça todos os livros da série.

ASSINE NOSSA NEWSLETTER E RECEBA INFORMAÇÕES DE TODOS OS LANÇAMENTOS

www.faroeditorial.com.br

FARO EDITORIAL

ESTA OBRA FOI IMPRESSA
EM MARÇO DE 2023